俺様竜王と花嫁様
ドアマットヒロインと入れ替わりましたが、ブラック勤務に比べれば天国です!

葉月クロル

Illustration
もなか知弘

俺様竜王と花嫁様
ドアマットヒロインと入れ替わりましたが、
ブラック勤務に比べれば天国です!

Contents

イラスト／もなか知弘

MOON DROPS

第一章 『ならば、あなたがおやりになれば？』

『その日、エメランダル国の王都は竜人たちの国ツェイザンの軍に急襲された。
上空から飛龍に乗った兵士が押し寄せ、エメランダル国の軍隊は何もできずに制圧される。
そしてさらに、ツェイザン国の大魔法使いオズワルドによる転移魔法で王宮の近くに現れた、精鋭たちの剣技により、あっという間にエメランダルは陥落した』
「え、マジか。どれだけ不運なんだよー、さすがはドアマットヒロイン、国ごと踏みつけられるとはハンパないね」
『先頭に立つのはツェイザン国の若き国王、ヴォルレアス・ツェイザンだ。
鍛え上げられた肉体を持つ美丈夫がその大剣を一振りすれば竜巻が起こり、百人の兵を吹き飛ばす、と言われるほどの高名な強者である。黒髪に濃い紫色の思慮深そうな瞳を持つ、竜神王と呼ばれるヴォルレアス国王は、その堂々とした体軀から覇気を漲らせ、彼を前にしたエメランダル国の者たちは自ずと頭を垂れて即座に降伏した』
「おお、ナイス。この新キャラはカッコいいな。チャラい系のディアンよりずっといいじゃない。イケメンだし、強くてたくましくて守ってくれそう。ベルフィーヌもこういう男性を選べばいいのになあ……ってこのキャラは思いきり敵だったね！」

　スマホを見ながら、わたしは独り言を言う。

『そして彼に従うのは、さらりとした銀髪に緑の瞳をした穏やかそうな美青年だ。しかし、その外見に惑わされてはならない。ひとたび彼の口から呪文が発せられたが最後、街のひとつくらい平気で吹き飛んでしまうのだから。彼こそが天才魔法使いのオズワルド・ダーシュである』

「ええっ、またイケメン枠の新キャラが登場するの？　正統派の美形魔法使いか。それもまた魅力的な設定だけど……まさか、ここから逆ハーレムルートに走るのかな？　ベルフィーヌの周りにイケメンが群れてイチャイチャうふふ？　人気の路線ではあるけれど、ドアマットからの急展開として、それもどうかと思うなあ。読者としては、ひとりのヒーローと愛を育んで欲しいんだけど」

　この話は、虐げられた王妃ベルフィーヌといけすかないヒーローである国王ディアンの話だったのだが、ざまあ展開を求めるあまりディアンがあまりにもクズ過ぎてしまい、いくら改心しても読者は誰も許さないだろうというところまで来てしまっている。

　作者はさすがにこの流れはまずいと思って、話を修正しようとしているようだ。

『この戦いを引き起こしたのは、エメランダル国の愚王、ディアンである。彼は竜人を劣等種族であると宣言して、彼らから富を搾取し、ツェイザン国民を奴隷にしようと画策したのだ。だが、能ある鷹は爪を隠すが如く、竜人たちは能力をひけらかすことなく過ごしていたため、反撃の牙はディアンの予想を遙かに越えたものであった。

　こうしてエメランダル国は、あっけなくツェイザン国の前にひざまずいたのである。』

「うわ、マジか。あっさり負けちゃったよ」

　わたしは、途中から戦記物になりそうな感じで迷走しているロマンス小説『虐げられた王妃と偽りの輝き』を、ベッドに寝っ転がりながら読んでいた。

　週休二日のはずなのに、なぜか毎週土曜日にサービス出勤させられ、退社時間もほぼ毎日深夜になるというブラックな会社で、パソコンをカタカタしながら働いているわたしは、寝る前にスマホで小説を読むのが唯一の癒しの時間になっている。

「この流れだとディアンが負けるのはほぼ確定だけど、エメランダル国が乗っ取られちゃったら主人公たちの恋愛騒動はどうなるの？」

　なぜか戦争が始まってしまったが、これはあくまでロマンス小説のはずなのだ。あらすじにもそう書いてある。

　幼い頃に、金髪に緑の目をしたイケメン王太子ディアンの婚約者に選ばれた、侯爵令嬢ベルフィーヌがこのお話のヒロインだ。

　ふたりが通う国立学院で、ベルフィーヌは同級生のディアンの婚約者として慎ましく彼に従っていた。王太子妃となるために日々努力をする真面目なデルフィーヌはディアンに想いを寄せていたし、ディアンもそこそこ可愛い彼女を憎からず思っていた。ふたりはそれなりに良い関係を築いていたのだが、突然現れた令嬢によってふたりの間は引き裂かれ、穏やかな日々は終わりを告げた。お顔は清純派だけどお胸とお尻が大きなエッチ体型で『守ってあげたい令嬢ナンバーワン（でも、お腹の中は真っ黒け）』のミザリーがディアンを誘惑し、心を奪ったのだ。ベルフィーヌは彼女から『陰で陰湿ないじめを受けていた』という嘘の告発をされて、悪者にされてしまう。

ベルフィーヌは心変わりをしたディアンに「性根の腐ったお前はわたしの妻にふさわしくない、婚約破棄だ！」と糾弾されるのだが、身分が低く、勉強は得意でないミザリーでは王妃の執務はこなせないとのことで、結局ディアンと結婚をさせられ、お飾りの王妃になる。

前国王が流行り病で亡くなってからは、国王となったディアンとその側室となったミザリーに虐待されるようになり、ベルフィーヌは質素な服を着せられ王宮の執務室に軟禁されて、様々な意地悪をされながら馬車馬のように働かされる。

この諸悪の根源のふたりと、彼らにおもねるいじめ担当のキャラ以外に、ベルフィーヌのがんばりを認めて同情するキャラがいるのが救いだ。

ベルフィーヌは、腹心の侍女がこっそり手に入れてくれる食糧がなかったら、そのまま餓死していてもおかしくないくらい酷い扱いを受けて、わたしを含む読者はディアンとミザリーへの憎しみを募らせた。

この頃が一番、感想コメント欄が盛り上がっていた。

だが、その後が良くなかった。

ディアンとミザリーが贅沢三昧のイチャイチャ生活をしている傍で、睡眠不足で栄養不足のベルフィーヌは、髪は枯れ草のようにガサガサになり、目は落ち窪み、酷いくまができ、頬はこけ、まるで幽霊のような姿で書類の山に囲まれて、延々と執務を強いられる毎日を送る。

それなのに、彼女はまだディアンへの期待を捨てられない。ディアンのために全力を尽くせば、いつか真実の愛に目を覚まして、昔のような誠実で優しいディアンに戻るはずだと信じている。

もちろんそんな展開はないし、たまに彼が見せる優しさは、ベルフィーヌをあざむき自分以外の王族を蹴落とすための手段であった。哀れなベルフィーヌはディアンとミザリーにこれでもかと踏みにじられる。

読んでいてイライラするほどに、見事なドアマットヒロインをベルフィーヌは務め上げていた。だが、夢中で読んでいるわたしが言うのもなんだけど、ここまでくるといくらなんでもやり過ぎだと思う。実際、最近ではこの連載小説へのコメントにはベルフィーヌに対して否定的なものが増えてきていて、閲覧者も減少気味なのだ。

「ベルフィーヌ、早く馬鹿ディアンに見切りをつけないと、一生処女のままで終わっちゃうけどそれでいいの？　ぽっくり逝かないのがおかしなくらいに衰弱してるんだよ？」

ディアンから女性として扱われないベルフィーヌは、いわゆる『白い結婚』という状態で、清い身体のまま奴隷よりも酷い生活を送っている。彼女はまだ二十一歳だというのに、栄養失調状態で老婆のような見た目なのだ。哀れすぎる。

　わたしは、そろそろ救いがないとこの話を読み続けられないなと思いながら、続きを読んだ。

「ツェイザン国の兵士たちが王宮を占拠して……ディアンとミザリーが隠し扉から逃げた？　やだ、ベルフィーヌも早くそこから逃げなさいよ！　怖い竜人に捕まったら絶対に酷い目にあうよ、もう虐待シーンは読み飽きたよ」

　敗戦国の王妃として、ベルフィーヌはまた踏みにじられるのだろうか。いくらドアマットヒロインだといっても、限度がある。

　悲惨すぎて読むことがストレスに感じてしまい、もうこれ以上はついていけない。わたしたちはリアルワールドにいろいろな問題をすでに抱えている（ブラック勤務とか、ブラック勤務とか、ブラック勤務とかね！）ので、小説の世界くらい夢を見たいのだ。

　わたしはもう見限る頃合いかなと思いながら、ベルフィーヌに向かって説教をした。

「何をしたってクズはクズのままなのよ、ディアンのどこがいいのか不思議だわ。耐えるだけでは白馬の王子様はやってこないんだからね。あなたはそれでもヒロインなんだから、まともなヒーローを見つけてそっちに乗り換えて幸せになりなさいよ。まだ二十一歳で、若さっていう武器があるんだからね、今のうちよ。あなたが犠牲になっても誰も褒めてはくれないんだから……あー、ベルフィーヌって、まんまわたしのことじゃん！」

年齢イコール彼氏なし期間で、ブラック企業にしがみついて働くわたしには、吐いた言葉がそのまま自分に突き刺さる。

わたしのことを、誰も褒めてくれない。

家族とは折り合いが悪くて、就職と同時に家を出てほぼ音信不通だ。

いくらがんばっても収入は増えず、楽しみはスマホで小説を読むだけ。わたしが過労で突然死しても、ああそうなんだと言われて終わるだろう。

おまけに、このままだと死ぬまで処女のままだと思う。

あと二年で三十歳になるというのに……わたしはアラサー処女である。そしてこのまま、アラフォー、アラフィフ、アラカン処女と歳を重ねていくのだろうか。

「ま、まあ、恋愛と結婚だけが人生じゃないからね、うん」

こんなわたしだからせめて、小説の中のヒロインには幸せになって欲しい。

やっぱりこの話は読むのをやめよう。

「あんなクズ野郎に洗脳されて情けないわ」

わたしはスマホを操作して小説のブックマークを外そうとした。

『あら、そうですか。それならば、あなたがわたしの立場になってみるといいのだわ！』

「……は？」

突然スマホの画面に現れた文字を見ながら、わたしは間抜けな声を出した。

『ずいぶん好き勝手なことをおっしゃっているけれど、わたしにこれ以上何をがんばれと？　あなたならばもっと上手く立ち回って、恋も幸せも手に入れられるとおっしゃるのでしょう。ならば、あなたがおやりになれば？』

「おやりになればって……なにこれ、どうなってるの？」

『さあ、入れ替わりましょう、内海朋香様』

「ええっ、嘘、なんでわたしの名前を知ってるの⁉　そういう仕様のサイトだったっけ？　うわあっ！」

スマホの画面が眩しく光り、そのままわたしは意識を失った。

気がついた時には、わたしはきらびやかな部屋に立っていた。

見慣れたフローリング風クッションではなく、つやつやに磨き上げられた木の床が目に入る。窓辺には複雑な模様が織り込まれた重厚なカーテン。天井にはシャンデリアが吊り下げられている。

目の前には……玉座。お飾りの王妃であるベルフィーヌが決して座らせてもらえなかった玉座が並んでいる。そう、ここはエメランダル国の王宮にある、一番大きな謁見室だ。

そして今、壁の隠し扉が閉まりつつある。王族しか知らない隠し通路に続く扉だ。

ついさっきディアンが「わたしたちが逃げる時間を稼げ！　そして、お前はその剣で自決しろ」と言って国宝の剣を投げてきて、ミザリーと一緒に秘密の抜け道から王宮の外へと逃げていったのだ……って、あれ？

わたしはどうしてそんなことを知っているの？

小説にはそこまで書いてなかった。

日本で暮らす内海朋香の記憶の隣にある、この記憶と知識は誰のもの？

『王妃ベルフィーヌのものよ』

頭の中で、謎の声がする。

「ま、まさか……そんなことが……」

顔を上げると、長い髪が顔にさわりと触れる。枯れ草のような色褪(あ)せた金髪には脂っ気がまるでない。

違う、わたしはショートカットにしているのだ。こんな髪型をしていないし髪色も違う。

『王妃ベルフィーヌの髪よ』

「寒い……ずいぶん古ぼけたドレスを着てる。なんで？」

足元がすうすうする。足首まであるドレスを着ているのだが、ペチコートもボロボロだしドレスの生地が薄くてゴワゴワだし、きっと酷い姿だ。

左手に持っている剣を見た。鞘(さや)に入ったままの、エメランダル国の紋章の入った小さな剣だ。逃げる時間を稼ぐといっても、宝石が飾られた実用性のない懐剣で、何ができるというのか。

内海朋香(わたし)さんは、刃物なんて包丁以外持ったことがないんですけど？　これをどうしろと？

この剣？　王家の剣？　どうしてこんなものが……それはさっき拾ったからだと、ベルフィーヌの記憶が告げた。

『これを手にした王妃ベルフィーヌがこの国の継承者となるの』

骨に皮が張りついたような腕に、血管が浮き出た手を見る。指なんて幽霊みたいに細くて骨が浮き上がっている。わたしはこんなに痩せていない……はず。

身体に触れる。栄養が足りていない、痩せ細った身体に。

「ま、マジか……こんなことって……わたし、ベルフィーヌ王妃になってるよ……最悪だ……」

これは内海朋香のものではない。この衰弱した身体は、間違いなく小説のヒロインであるベルフィーヌ王妃のものだ。そしてわたしの頭には、ベルフィーヌの記憶がしっかりと残っている。

わたしはそろそろと右手をあげて、髪の毛を軽く引っ張った。

「いたっ……感覚がある。これは夢じゃない。やだ、髪が抜けたわ……」

栄養不足の髪が数本抜けて、右手に絡んだ。もったいないことをした。わたしは貴重な髪をもっと大切に扱おうと心に誓う。

「顔に肉がついてない。これじゃ骨格標本みたいだわ」

頬を触ると恐ろしいくらいにガサガサで、骨が手に触る。ブラック勤務のわたしも肌荒れをしていたけれど、このやつれ方はその比ではない。ベルフィーヌはどれほど酷い生活をしていたのだろうか。

『ということで、がんばってちょうだいな。わたしは日本で暮らしていきますわ、ふふ、こちらの世界は楽しそうですわね。それではごきげんよう』

「ごきげんようって、ええっ、待ってよ！」

頭の中にいた気配は、それきり消えてしまった。

「何が起きたのかわからないけれど、わたしは本当にベルフィーヌになっちゃったの？うわあ、信じたくないよ、これは酷すぎる！」

目眩に襲われたわたしは頭を抱え込んで、力なく叫んだ。

おなかが空いて力が出ないのだ。

頭の中には、内海朋香としての記憶とベルフィーヌとしての知識がしっかりと残っているから、その点はありがたい。忍耐強いベルフィーヌの思考回路も残っているから、わたしは卒倒しないでいられるようだ。

……このまま失神してしまった方が楽だったかな？

いやいや、『夫に逃げられ敵国に攻め込まれ、自分の命が風前の灯火』という最低最悪なこの状況を切り抜けるには、失神している時間はない。

「なんとしてでも生き残らなくっちゃ！　ええと、わたしにできることは……色仕掛け……は絶対に無理だわ！　他に何かあるかな」

義務を果たさず遊んで暮らす愚かな国王の代わりに、重要な仕事を任されていたベルフィーヌはとても優秀で、読み書き計算や法律知識はもちろん、公用語の他にも複数の言語を勉強して実用レベルで話すことができる。

つまり、かなりの能力の持ち主だということ。

そこに、わたしの社会人としての経験をぶち込んで、フルに活用すれば、命が助かるかも……。

手にした剣を見て、理不尽な状況への怒りが込み上げてきた。

「これも全部あの野郎が悪いんじゃないの！　ムカつくーっ、誰が自決なんかするもんですか！　役立たずの最低男のクソディアンめ！」

わたしは王家に伝わる宝物である剣を床に叩きつけた。

ありがたいことに、判断力は内海朋香のままで、彼への恋愛感情に影響されていない。

つまり、ディアンにはこれっぽっちも情がない。目の前にいたら、強烈な平手打ちをお見舞いする自信がある！

わたしはドレスのスカートをたくしあげ、力を振り絞って玉座を蹴った。いつもミザリーがニヤニヤ笑いながら座っていた、王妃の玉座を。

「くっそ、このっ！　このっ！　このっ！　馬鹿にして！　ディアンにミザリー、許すまじ！」

蹴りながら、悔しさのあまりに涙が出てきた。

ディアンが憎い。

ミザリーが憎い。

でも、一番腹が立つのは、どう考えてもわたしはこれから酷い目に遭うということである。なんでこんな、取り返しがつかないタイミングでベルフィーヌと入れ替わる羽目になったのだろうか。

せめてもう一年でも早い時期だったならばどうにかできたのに！

半分泣きながら椅子を蹴っていたら、靴の踵が取れ、バランスを崩して床に倒れ込んだ。

「いたたた……」

わたしは役立たずのパンプスを脱ぎ捨てると、それを隠し扉のあったあたりに投げつけた。

「ディアンのバカ野郎、クズ男、お前が自決しやがれっ！」

その時、玉座の間に数名の人間が入ってくる足音がした。

「……この部屋には怨霊がいるのかっ！」

誰が怨霊だ！

わたしが座り込んだまま鬼の形相で振り返ると、瞬時に金属の鎧を着て剣を持った大きな男たちに囲まれた。皆とてもガタイが良く、そんな戦士たちに抜き身の剣を多数突きつけられて、その切先をまじまじと見つめてしまう。

これ、刺さると痛いやつだ。

刃物を突きつけられた恐怖で、更なる涙がぶわっと噴き出してきた。

「女よ、おまえはこの城の下女か？　なぜこの部屋にいる？」

鎧姿の、一番偉そうな戦士がわたしに言った。

「……わたしは下女ではございませんわ」

おお、ベルフィーヌとして話そうとすると言葉がお嬢様変換されるよ。

「やはり怨霊……」

「失礼ですわね、わたしは生身の人間でございます！」

涙を拭いながら立ちあがり、丁寧ながらも強い口調で言い返した。怒ってもお上品になるのはベルフィーヌの記憶のせいだ。

事情があって侍女を解雇したわたしは、自分ひとりで脱ぎ着ができる質素なドレスを着ていて、おまけにさっきパンプスを投げちゃったから裸足である。とても高貴な女には見えないだろう。

「わたしは、この国の王妃ベルフィーヌです」

「嘘を言うな！」

戦士に大声で怒鳴られて、わたしは身体をびくっと震わせた。

「嘘ではありません、ほ、本当に、王妃なのです。このような惨めな姿ではございますが……ううっ」

止まりかけていた涙がまた溢(あふ)れ出てしまう。恐怖のせいか空腹のせいか、ついでに吐き気も込み上げてきた。しくしく泣き始め、時々「うえっ」とえずくわたしに、戦士は動揺したようだ。

「いや、先代の王妃の怨霊だというならまだしも、お前のような者が今の王妃だと？　もしや王妃の替え玉か？　いや、替え玉にするなら、もう少しましな姿の者を選ぶだろうし……。お前はいったい何者なのだ？　あまりよい扱いを受けていない様子であるし、正直に答えれば悪いようにはしないぞ」

まだ怨霊扱いをやめないなんて失礼な戦士だ。だが、口調は少し柔らかくなっている。

それでもたくさんの剣を向けられたままなので、わたしはブルブル震えて何も言い返せない。

「どうした？　ディアン国王は見つかったのか？」

新たに複数の人物がこの部屋に入って来たようで、よく響く男の声がした。

「国王陛下！　ここにはおりませんでした」

声の主を見ると、大剣を背負った背の高い美丈夫と、彼に従う白いローブを着たキラキラした美しい男性だった。

「は……すごくカッコいい人……」

ふたりとも、とんでもなく見た目がいいので、こんな状況なのにわたしは目を奪われてしまう。

って、国王陛下って言った？

ということは、たくましい彼が古代竜の血を引くという民を率いるツェイザン国の王？

ちらっと出てきただけでわたしの推しキャラとなったヴォルレアスなの？

うわあ、実体化するとやっぱり超イケメンじゃないの！

背が高くて、百九十センチを超えていそうな彼は、がっしりめの素晴らしい身体つきをしている。なよなよ系のディアンの野郎とは真逆だ。

そして、あの紫の瞳ときたら！

元の世界ではコンタクトレンズでも入れないとお目にかかれない、宝石のような美しい濃い紫色をしている。離れたところにいても、視線が吸い寄せられる。これをカリスマ性というのだろうか。

すごい、ヤバい、カッコいい！

「そうか。どこへ雲隠れしたのやら」

見た目もいいけど声もいい……って、そんなことを考えている場合ではない。わたしはこのまま殺されてしまうかもしれないのだ。ヴォルレアス国王の得意技は、あの大きな剣で首をはねること……あっ、また気持ち悪くなってきた。

「ネズミのようにこそこそ逃げ回って、ディアンは評判通りの卑劣な奴ですね」

こちらのキラキライケメンは、きっと大魔法使い様だ。眩しいくらいの美貌を直視したら目が潰れてしまいそう。だが、見た目に反して恐ろしい人物だということを忘れてはならない。

さらに気持ち悪くなってきちゃったわ……。

革の鎧に筋肉を包み、黒い髪に紫の瞳をした国王陛下は、射るような視線で惨めな姿のわたしを見た。

「それはなんだ？」

それ言うな！

「自分のことを王妃だと言い張る不審な女です」

「王妃？　その、骨と皮しかない幽鬼のような女が王妃だと？」

今度は幽鬼って言われた……酷すぎる。

国王陛下が汚物を見るような視線でわたしの全身をじろじろと見るので、恐怖を通り越してイラッとした。

睡眠もごはんも足りてないとね、ぴちぴちの若い女性もこうなっちゃうんですよ！

わたしは唇を噛（か）み締めてから、男らしく整った顔をしている男性に「わたしはこの国の王妃、ベルフィーヌ・エメランダルでございます」と、きちんとした淑女の礼（カーテシー）をしてみせた。

腐っても王妃……いや、干からびても王妃。ベルフィーヌは淑女教育をしっかりと受けているのだ。知識があるのみならず、身体にもしっかりと記憶が残っているのがありがたい。筋肉はないけれど……あっ、まずい、倒れそう。

疲労と心労と栄養不足で、体力がかなり低下しているのだ。

慌てて身体を起こしたが、少しよろけてしまって淑女として悔しく思う。ついでにうえっとなったので口元を押さえた。

「……わたしはヴォルレアス・ツェイザンだ。王妃とやら、ディアンの行方を知らぬか？」

「存じておりますわ、陛下」

　わたしは吐き気をこらえながら、骨ばった指で隠し扉の場所を指した。

「あちらの、暖炉の横の壁に隠し通路があるのです。しかし、わたしには開け方はわかりません。つい先ほどそこから、ディアン国王と側室のミザリーが逃げました」

「ほう。王妃なのにそなたは開け方を知らんというのか」

「わたしは……王妃という名の馬車馬でしたから……王族として扱われておりませんでしたの」

　下女にしか見えないような服を着せられた、（パンプスが壊れちゃったからだけど）裸足の王妃ベルフィーヌ。あんな男のために倒れるまで働いて、最後は自殺しろと捨てられて。

　立派なドアマット人生だったが、それが異常だと考えるのはたぶん、わたしだけではない。周りの兵士たちも、この国王も、わたしを見て眉を顰（ひそ）めている。

「ならば、その剣はなんだ？　そなたが我らを刺そうと用意したものか？」

　床に落ちている剣を見て、ヴォルレアス国王陛下は淡々と尋ねた。

「この痩せ衰えた腕で、鍛え上げられた男性を刺せるとお思いですか？　その剣は先ほど、ふたりが逃げる時間を稼げと……その後に自決しろと、ディアン国王から投げつけられたものですわ。ちなみにこの剣の所有者はこの国の頂点に立てるというお約束がある宝剣ですのよ、ふふふ、ということはこの国はわたしのものなのかしらね」

　そんなことを言いながら、わたしは骨が浮き出た脚で宝剣をぐりぐりと踏みつけた。

「わ、待って待って、それはそういうことをしてはいけないものなんじゃないかな？」

　美形の魔法使い様に突っ込まれたけれど、わたしは構わずに剣を踏みつけて、よろめいた。転ばないように、玉座の背につかまる。

「ふう。自決しろですって……なんで、あんな人たちを庇うために……わたしが犠牲にならなくてはならないの？　あの人たちはどこまでわたしをバカにすれば気が済むのかしら、ふ、ふふふ……」

　怒りと憎しみと死の恐怖でテンションがおかしくなったわたしは、泣き笑いが止まらなくなった。ついでに吐き気も止まらない。

「うえっ」

「……おまえは悪い病気でも持っているのか？」

　兵士のひとりがわたしを気味悪そうな目で見ながら言った。彼は紋章入りの剣を拾い、持っていた布にこすりつけて磨くとヴォルレアス陛下に渡した。

　国王陛下は、泣きながらかすれた笑い声を漏らし続けるわたしと剣とを「ふむ……」と見比べてから、傍にいた美青年魔法使いに言った。

「オズワルド、通路を見つけられるか」

「お任せを」

オズワルドは隠し扉の方に手のひらを向けると、そこから電撃のようなものを発して壁に穴を開けた。

「ひうっ！」

大きな音に驚いてわたしの笑いが止まった。

「はい、見つかりましたよ」

「……荒っぽい奴だな」

「陛下に言われるとは心外ですね」

魔法使いは肩をすくめ、戦士たちは隠し通路を確認しに穴の中へ入って行った。

「陛下、隠し通路が続いています。灯りもついていますので、このまま追いかけます！」

「うむ」

そして謁見の間には、ヴォルレアス陛下と大魔法使いのオズワルド、粗末なドレスに裸足のわたしが取り残された。

「そなたの言う通りに抜け道があったな。ということは本物の王妃なのか」

抜け道は王族にしか知らされていないものなのだ。笑い疲れたわたしは涙を拭ってから美形の国王陛下に「はい」と答えた。

「あの……ヴォルレアス陛下にひとつお尋ねしてもよろしいでしょうか？」

「なんだ？」

「このエメランダル国は、これからどうなるのでございましょうか。あと、わたしの処遇も……」

小説でもここから先を読んでいないから、どうなるかまったくわからないのだ。

ディアンの意見が国民の総意だと誤解した竜人たちは、怒りに任せてこの国を踏みにじり、逆に我が国民を奴隷にするのだろうか？

内海朋香としては、まずは自分の命がどうなるかが最優先だ。

しかし、ベルフィーヌの知識と経験を受け継いだわたしは、自分の臣民を守らなければならないという義務感を強く持っている。人のいい彼女は王宮の中で虐げられながらも、エメランダル国民が少しでも幸せに暮らせるようにと心を配っていた。そうやって必死に仕事をすることが、彼女を支える存在理由でもあったのだ。

そして、同時に内海朋香であるわたしも、その意見に賛成だ。日本人的な正義感で、この国の人たちを不幸にはしたくないと考えている。ベルフィーヌの家族は僻地（へきち）に追放されてしまったがこの国に留まっているし、彼女の身を案じてくれる友人もいるのだ。

「ツェイザン国民を不幸に陥れたディアン国王を止められなかったのは、我が国の過ちでございます。けれど、国王に逆らう者はすべて投獄されて、どうしようもなかったのも事実なのです。投獄されなかった者も、国王に意見する者は暴力に晒（さら）され、家族を人質に取られ、脅されました。彼らをはじめとするエメランダル国の臣民にぜひとも寛大な処分をくださるよう、慈悲深き陛下にお願い申し上げます」

「ふむ、わたしが慈悲深い、か。自分の心配の前に国の行方を憂うとは、愚かな女だな」

彼は目を細めてわたしを鋭く見つめた。

「いえ、もちろん自分のことも心配ですわよ、当たり前ですわ！」

内海朋香さんとしては、命を大事にしたいですからね。

ヴォルレアス陛下はすぐそばまで足を進めると、わたしの顔をむんずと摑んだ。

「うぐっ」

「吐くなよ。……そなたの顔にもだいぶ痣があるな。新しいものも、古いものも。ディアンからかなりの暴力を振るわれていた様子だ」

「お見苦しくて申し訳ございません」

ベルフィーヌが愛した男がくれたのは、暴力と搾取だけだった。

この顔はわたしが想像しているよりも酷い状態なんだろうな。惨めすぎて涙が出てくるわ。

なんでベルフィーヌなんかと入れ替わっちゃったんだろう。素敵な小説は他にたくさんあるのに。

わたしの目から涙が溢れるのを見たヴォルレアス陛下は舌打ちをすると、手を離した。

「妻に手をあげるとはクズにも程があるな」

苦々しく吐き捨てる。

その場の様子を観察していた大魔法使いが、初めてわたしに声をかけた。

「王妃様、泣かないでください。陛下、ハンカチくらい持ってないのですか？」

「ハンカチーフはない！」

無駄に偉そうな陛下である。

自信たっぷりの返事にため息をついてから、（親切だから、様をつけよう）オズワルド様が胸ポケットからレースの飾りも美しい優美な刺繍（ししゅう）入りのハンカチーフを取り出して、わたしの頬に当ててくれた。

「これをお使いください」

「まあ、ご親切にありがとうございます」

「いえいえ」

わたしはお礼を言って、涙を拭いた。

敵国の人の方が優しいなんて、終わってるわ。

でも、優しさにすがっている場合ではない。不可抗力でベルフィーヌ王妃になってしまったわたしだが、やらねばならないことがあるのだ。こうしている間にも、部屋に兵士が集まってくる。

「お話を戻しますが、陛下、この国をどうなさるのか、教えていただきたく存じます」

「知ってどうする？」

「陛下の温情をいただきこの国を属国として扱ってくださるのならば、早急にわたしが担当していた分の政務の引き継ぎをしたいと思います」

「引き継ぎ？」

「はい。冬を迎える前に備えが必要な地方があるのです。速やかに指示を出さないと、寒さによる被害が拡大してしまいますわ。反国王派である宰相をはじめとする者たちが多数、牢に監禁されておりますので、彼らを釈放していただき、陛下のもとで働かせていただければと思います。彼らは元々親ツェイザン国派で、ディアン国王が行おうとした侵略に反対して捕まった人たちなのでございます。ディアン派のクソみたいな……あら、失礼いたしました。お排泄物よりも役に立たない貴族と違い、皆様とても臣民思いで働き者なのですよ、きっと陛下のお役に立ちますわ！」

　わたしが捲し立てると、陛下はやや身体を引き気味にしながら「な、なるほど」と言った。オズワルド様は「レディの口から『お排泄物』……」と呟いてから、噴き出した。

　あら失礼。オズワルド様も麗しいお口でそんなことを言ってはいけませんわよ。

「そなたは、その捕まった者たちには竜人への忌避感はない、というのか？」

「わたしたちには元々、他種族の方への忌避感などございませんわ。ディアン国王ひとりの考えがおかしかったのです。むしろ我が国には、親族や配偶者に竜人がいる者が多いのですよ。特に宰相のエルンスト・ハイム卿は、ツェイザン国に留学していた経験もあり友人が多く、最後までディアン国王に意見をしていました。すべてがディアン国王の自分勝手な思い込みと暴走が引き起こしたことですので、なにとぞ寛大なご処分を……あっ」

　めまいを感じて、わたしは言葉を切った。こめかみを押さえて落ち着くのを待つ。寝不足と緊張で、ベルフィーヌの体調はかなりおかしくなっているようだ。

魔法使いの美青年が、わたしの身体を支えてくれた。

「ありがとうございます。失礼いたしました」

「とても気分が悪そうですね。ちょうどここに椅子があるし、かけるといいですよ」

「おそれいります」

親切なオズワルド様が「小枝みたいな身体だなあ」とため息をつきながら座らせてくれたのは、皮肉なことに今まで一度も腰をかけたことのない玉座であった。

ヴォルレアス陛下が兵士に、牢に入れられている者を解放するように指示を出したので、わたしは安堵(あんど)した。

「それでですね、ここ最近の執務はすべて、わたしが引き受けておりましたので、速やかに引き継ぎをしてしまいたいと思うのです」

「なぜだ？」

「なぜって……この国にいる王族は、もうわたしだけですから。やはりわたしも王族としての責任……を、取らなくてはならないのでしょう？」

このような場合、王族は皆殺しになるのが慣習なのである。

うううう、怖い。

死刑を宣告されたようなものだ。

死ぬ時って、苦しいのかな？

なるべく苦しまずに逝かせてもらえるように、ヴォルレアス陛下にはへりくだってお願いしておかなければならない。

「わたしは、お、王妃として……立派な最期を……あんなお排泄物男のために死にたくないので、できれば流刑にしていただきたいのですが、どうしても死を避けられないというのならば、後生ですからあまり痛みを感じない方法にしていただけないでしょうか？　わたし、もう痛いのは嫌なのでございます、どうかお慈悲を……ううっ」

死んだら日本に戻れるのだろうか。

そして、内海朋香としての生活が続くのだろうか。

そうかもしれないけど、違うかもしれないから、ものすごく怖いよう、ううう。

不安と恐怖に震えながら、貸してもらったハンカチーフを目に押し当て、しくしく泣いていると、オズワルド様が背中を叩いてくれた。

「よしよし、よしよし、泣かないで。ヴォルレアス陛下、この女性が泣くと自分が悪人に思えてくるのはわたしだけでしょうか。あまりにも悲惨な境遇に置かれていたようで、柄にもなく少々同情してしまいました。他国のスラムにいた貧民でも、こんなにやつれた人は見ませんよ」

わたしは「ぐぬ……」とうめくヴォルレアス陛下に懇願した。

「陛下、お願いいたします。できるならば、意識を失う薬を飲んでからそのまま首を落としてくださるか、安いお酒をグデングデンになるまで飲んで酔い潰れたところをスパッと首を落とすか……」

「随分と詳しいな。そなたはそれほどまでに首を斬られたいのか？」

「そんなわけございませんでしょう！　死にたくありませんが、死ななければならないのならば、安らかに神の御もとに逝きたいだけです。本当に、もう、痛いのや苦しいのは……」

ベルフィーヌの痛くて苦しくて辛い毎日の記憶が蘇り、声が震える。わたしがあざだらけの腕をさすりながら、子どものように「痛いのは、もう嫌なの、痛くしないで」と言うと、陛下は顔を歪めた。

「話を聞く限り、王家に属していたとはいえ、そなたには斬首される理由がないように思えるのだが。それに、わたしには高齢の婦人を無駄に苦しめるような趣味はない」

「……高齢の、婦人……ですって？」

わたしはヴォルレアス陛下の顔を正面から見つめて、ひどくしゃがれた声で「わたしの年齢は、二十一歳でございますわ！」と言い、そのまま「いくらなんでも酷いですわ！」と号泣した。

「二十一、だと？　それで？」

「ええ、これで、まだ若い淑女ですのよっ！」

泣きながら叫んだら、声が裏返ってしまった。

怨霊で幽鬼でしわしわのお婆さんになっちゃって、これじゃあたとえイケメンに囲まれたとしても虚しい人生を送るだけじゃないの！

殺してー！　いっそ、殺してー！

痛くないように殺してー！

こんな訳のわからない世界で、干からびた姿をした永遠の処女として生きていくなんて辛すぎるから、せめて幸せな輪廻転生をさせて！

美形の魔法使い様が「あーあ」と言いながらまたわたしの背に手を置いた。

「陛下、女性に向かってなんてことを言ってしまうのですか。この方はおやつれになっているけれど、まだまだお若いじゃないですか。陛下がいくら女性への興味が薄いといっても、今のはあんまりだと思います。まさか、見てわからないんですか？」

オズワルド様が、背中をよしよししてくれるが、あまりにもショックが大きくてなかなか泣き止むことができなかった。

「……いや、仕方のないことだと思うぞ。こんな骨と皮しかない奴を若いとは思わんだろう」

「骨と皮って言われたあああー酷いいいいいいいいー」

わたしは激しく泣いた。

「なんで余計なことを言っちゃうのかな！　普通、若いってわかりますから！　陛下、王妃様がかわいそう過ぎるから、もうあなたは黙っててください」

「ぐぬう」

あまりにも悲惨な状況に置かれたわたしは、（この男、絶対に許さない！）と涙が枯れるまで泣いたのであった。

「おお、王妃陛下！」

乙女の矜持（わたしはまだ生娘ですからね、精神年齢二十八歳でも、清純な『か弱き乙女』を名乗らせていただきます）を土足で踏み躙られ、傷つき泣き疲れたわたしがぼんやりと玉座に座っていると、新たな男たちがこの部屋にぞろぞろ入ってきた。

「王妃陛下、ご無事でいらっしゃいますか？」

少しふらつきながら歩く彼らを見て、わたしは立ち上がった。

「まあ、ハイム閣下ではありませんか。皆様もご無事でいらっしゃったのですね、よかったわ」

「ああああーっ、王妃陛下あーっ！」

大きな声でわたしを呼びながら、よろよろとおぼつかない足取りで近寄ってくる壮年男性は、ディアンに逆らった罪で牢に入れられていた宰相のエルンスト・ハイムであった。

「よくぞ、よくぞご無事で……あうううう」

「ハイム閣下こそ、よくがんばりましたね。力及ばず、お助けできなくて申し訳ございませんでした。こうしてまたお会いすることができて嬉しいわ」

「あううううっ、とっとと」

「大丈夫ですか？　ささ、こちらにおかけなさい」

よろけるハイム閣下を玉座に座らせる。「ひっ、ここは！」とぎょっとした顔で立ちあがろうとしているが「いいから！」とそのままかけさせた。

ハイム閣下はまだ初老の年齢で現役を勤めていたのだが、数ヶ月の牢屋生活で足腰の筋肉が弱ってしまったらしい。他にも見知った顔の貴族たち（ほとんどおじさま）が、やっぱりよろよろとあとに続いてやってきた。

牢に閉じ込められていた間にも運動を続けていれば違ったかもしれないが、ここは筋トレの概念がない世界だから仕方がない。

先代の国王にも仕えていた彼らは『ちゃんとした人間』であった為、ダメ国王になったディアンに進言して「うるさい、まとめて牢屋に放り込んでおけ！」と監禁されてしまった。

ディアンは彼らの家族を人質として捕まえてからこき使おうとしていたが、賢明なハイム閣下たちは手が及ぶ前に妻子を遠くに逃していたのだ。自分たちが逃げなかったのは、貴族としての務めを果たさねばならないという使命感が強かったからなのであろう。ベルフィーヌは彼らを立派な貴族だと考え、信頼していた。

まともな使用人も文官も、ディアンのお眼鏡に適わない者はすべて解雇され、この王宮は現在、ボロボロな状態である……と、ベルフィーヌの記憶が言っている。そんな今、彼らは頼りになる戦力である。

「皆様、ご安心くださいませ。この通り、わたしもなんとか生きながらえておりますわ」

　心はご臨終ですけどねっ！

「あなた方こそ、お身体に不調はありませんか？　牢屋暮らしは辛かったでしょう」

　労りの声をかけたのに、おじさま方は顔を引き攣らせてわたしを見た。

「なんということだ！　王妃陛下は、牢屋暮らしのわたしどもよりもやつれていらっしゃるではありませんか！」

「おいたわしいお姿になられて……」

　うーん、やっぱりそう思う？　思っちゃうかー、あははは。

「ええと、ほほほ。あのですね、そのようですけどね、あまりお気になさらないで……あっ」

『骨と皮』なわたしは弱々しく笑い、その拍子によろけてまた王妃の玉座に座った。

　おかしな話だが、囚人扱いでも貴族である彼らにはきちんと食事が出されていたため、食事も睡眠も削って（というか、無理矢理削られて）働き続けたわたしよりも健康的なのだ。

　特に、わたし付きの侍女を王宮から逃してからは、食べ物を手に入れるのが大変だった。残飯をあさる王妃なんて、世界中を探してもこの国にしかいないんじゃないかな？

「ここのところ、まともなお食事をいただいた記憶がありませんから……さすがに少々疲れてしまいましたわ」

気を抜くと、意識が空の彼方に飛んでいってしまいそうなのだ。改めて、ディアン許すまじ！　である。

「ああ、こんなにも臣民思いの王妃陛下なのに、なんとおいたわしいお姿に」

「まことにおいたわしや……王妃陛下……」

「このような酷い仕打ちをなさるとは、ディアン陛下を許せません……なんともいたわしい……」

『いたわしい祭り』になってしまった。

せっかく牢から出されたというのに、まともな貴族たちはお葬式のような顔になり、泣き崩れてしまった。そして、そんなおじさまたちに囲まれて玉座に座り、「ご心配なさらないで、このとおり命はございますもの、おほほ……ほう……」と疲労と空腹と睡眠不足でぐったりしているわたしを、ヴォルレアス国王陛下とオズワルド様が微妙な表情で観察している。

「この国はいったいどうなっているのですか。囚人よりもやつれるなんて、王妃様はどれだけ過酷な仕事を請け負っていたのでしょうね、陛下」

こんなのおかしいでしょう、とオズワルド様は陛下に言った。

「……肌が粟立ってきたから、考えたくない」

そっぽを向くヴォルレアス陛下は、デスクワークがお嫌いのご様子だ。

それにしても、さすがはドアマットヒロインだけある。やはり、わたしの状態が一番酷い。怨霊で幽鬼で老婆な王妃だなんて、苦笑いすら浮かばない。

　ハイム閣下がわたしに礼をしながら言った。

「この国が機能しているのは、すべて王妃陛下の身を削ったお務めのおかげでございます。王妃陛下の身の回りの世話をする者を早急に手配いたします。侍女もすべて解雇されたとお聞きしました」

「ええ、そうなのです。わたしはひとりになってしまったの」

「貴婦人に侍女もつけず、お食事も睡眠もろくにとらせないなんて。真面目でお優しい、高貴な女性になんとむごい扱いを……」

　ハイム閣下が涙を流す。

　オズワルド様が、ヴォルレアス国王陛下に「ディアン国王にものすごくいじめられていたみたいですね。やっぱりかわいそうだから、あの王妃様は助けてあげませんか？二十一歳の女の子があんな姿になるなんて、想像を絶するような目に遭ったに違いありません」と囁（ささや）いている。

　おいイケメン、同情してくれるのはいいが『あんな姿』言うな。

「……ふむ」

　陛下は難しい顔でわたしを見ていた。

「イカロス・ゴーメに、この国を監視する文官を寄越すように言え。王妃から政務の引き継ぎが必要だからな」

鎧姿でもイケメンな国王陛下は、オズワルド様にそう言うと踵を返し、部屋から出て行った。

こうしてわたしの首は、引き継ぎが終わるまでなんとか繋がったのであった。

「あの王妃を太らせろ」

ヴォルレアス国王陛下は、エメランダル国の親ツェイザン派の貴族たちにそう命じたらしい。

「あんな幽鬼のような姿でうろつかれると、心臓に悪いからな。まともな姿に戻してやれ」

くうっ、ヴォルレアスめ！　他に言いようがないのかい！

安定の失礼さよね。

顔がよくて頭がよくて権力があるかららって、何を言っても許されると思ったら大間違いなんだから。めちゃくちゃカッコよくて、口さえ開かなければ一時間くらい見惚れる自信があるけど。

ああ悔しい。お仕置きに胸筋を剝き出しにして、両手でぺちぺちしてやりたい！

ということで、周りの人々が忙しそうに働いているのを尻目に、わたしは流動食から始めて消化の良い食事を摂り、呼び戻された侍女たちにお風呂に入れてもらい、ふかふかのベッドでぐっすりと眠った。食べる、爆睡、食べる、爆睡のローテーションを数回繰り返して、ようやく人心地がつき、引き継ぎの準備に取り掛かることができるようになった。

「毎日が極楽すぎる……わたし、今までの人生で一番幸せだわ」

頭と胴体がお別れする可能性はほぼなくなったと親切なイケメン魔法使いのオズワルド様から聞かされたので、わたしは安心して過ごしている。

で、政務の引き続きのお仕事は大変かって？

何をおっしゃいますやら！

座っただけで三食の美味しい食事と午前と午後のお茶とおやつが目の前に現れて、満足するまで食べられる上に、夕ご飯の後はのんびりとお風呂に入ってベッドにGO！　できるのよ。

しかも、太るためには寝なければならないと、お昼寝までさせられるしね。

お風呂だって、髪も身体も侍女が洗ってくれるという大サービス付きだし（抵抗があるから断ろうとしたけれど、衰弱し過ぎて入浴中に卒倒するかもしれないということで却下されて、そのままずるずると甘えてしまっている）仕事以外のことをまったくやらないでいいなんて、楽ちん過ぎて歌いながらボックスステップを踏んじゃうわよ。

「皆さんが忙しいのに、わたしひとりで遊んでいるようで申し訳ない気持ちがするわ。マーシャ、楽をさせてくれてありがとうね」

今日もお昼寝の爆睡から目覚めたわたしは寝椅子に横たわり、長いこと仕えてくれている侍女のマーシャに言った。目の前のテーブルには、お茶とケーキの盛り合わせが置かれている。フルーツがふんだんにのせられたケーキと、栗（くり）のタルトと、りんごのパウンドケーキが少しずつ綺麗(きれい)に盛り付けられていて、乙女心がくすぐられる。

マーシャはディアンに解雇された（というか、解雇されたという書類を偽造して、ベルフィーヌが王宮から逃したんだけどね）のだが、ハイム閣下が呼び戻してくれたのだ。他にも、まともな侍女やメイドが王宮に戻ってきて、ディアンやミザリーのご機嫌取りばかりしていた者たちは追い出された。

ナイスバディが魅力的（ええ、わたしとは違って、出てるところと引っ込むところのバランスがいいのよね。羨ましいよー）な美人のマーシャはにっこりと笑う。

「まあ、畏れ多いですわ。お気になさる必要はございません。王妃陛下は、今までが働きすぎだったのですよ。ツェイザンからの文官が到着するまではさほどお仕事はございませんようですし、存分にお休みくださいませ。というか、今は療養に専念する期間ですからあまりお仕事をなさってはなりません」

そう言われても、何もやらないと落ち着かないという悲しき元社畜なんだよー、とほほ。

「とにかく今はお食事と睡眠を取ることが一番のお仕事ですわ。王妃陛下の身体に肉がついていないとヴォルレアス国王陛下に首をはねられるって、ハイム閣下がおっしゃってましたけれど……さすがにあれは冗談ですわよね？」

「あー、えー、そうね、そうだといいわねー」

あの陛下なら本当にやりかねない。

彼は、ディアン派だった貴族たちの首を片っ端からはねさせて、なんなら自分でもはねて、過激な人事の入れ替えを行なっているのだ。

本当に首が飛ぶ世界、怖すぎる。

わたしは宰相の頭と身体の合体を維持するためにも、もっと太るようにがんばろうと決心した。

「ハイム閣下には、迷惑をかけました」

戦後の処理で忙しいというのに、ヴォルレアス陛下にわたしがやっていた仕事まで無茶振りをされてしまった宰相閣下、ごめんなさい。

でも、親切なハイム閣下は「王妃様のためならば、望むところでございます！」と、目をキラキラさせて『王妃太らせプロジェクト』を引き受けてくれている。共に執務の処理に追われる仕事仲間であった宰相閣下は、わたしをとても気にかけてくださっている。わたしたちはもはや戦友と言っていい間柄なのだ。

そうして数年ぶりにのんびりした日々を過ごしていると、ようやく身体に力が戻ってきた。髪にもいくらか艶が戻ってきて手触りが変わってきたし、抜け毛もほぼなくなった。

やはり、二十一の若さはいい。回復力が違う。

え、わたし？

内海朋香さんは『ぴちぴちの二十八歳』でしたが、何か問題でも？

「王妃は在室か？」

リラックスしていたら、聞き覚えのある声が聞こえてきた。

「どうかお待ちを、陛下。こちらは王妃陛下の私室でございます。ベルフィーヌ様にお取り次ぎをいたしますので、こちらでお待ちくださいませ」

果敢に立ち向かう侍女の声もする。どうやら傍若無人なツェイザン国王陛下の御成りらしい。

あのイケメン、しょっちゅう来るけど暇なのかな。

「マーシャ、客間にお通しして差し上げて」

ツェイザンの国王陛下はいささかデリカシーに欠けるものの、感情のまま罰したり斬り捨てたりはしないまともな国王だと、魔法使いのオズワルド様からこっそりと聞かされた。見目麗しい上に、オズワルド様はとても親切な方だ。度々ツェイザン国のお菓子を持ってきてくれるしね。

ちなみに国王陛下のお土産は、首をはねた貴族の名前がずらっと並んだ恐怖のリストだったよ……。確かに、ベルフィーヌを虐めた人たちだけど、そんなものを見て淑女が喜ぶとでも思っているのだろうか。

お国柄の違いで竜人の淑女には喜ばれるのかと一瞬思ってしまったけれど、すぐにオズワルド様に叱られていたので違ったらしい。

多少の残念さはあるものの、ヴォルレアス陛下は自己中心的なディアンよりもずっとまともな人物のようである。ベルフィーヌの記憶によると、ディアンはどうやら自分以外の王族を、事故や病死に見せかけて、すべて処分してしまっていたらしい。

なんと、前国王陛下の死もあの男が関与していたそうだ。

あれは立派なサイコパスだった。

わたしは小説を読みながら『なぜベルフィーヌはさっさと逃げ出さないのだろう』と思っていたが、逃げ出す気配を見せたら命を奪われていた可能性が高いことに気づいた。

ベルフィーヌは従順で愚かなのではなく、実はとても頭の良い女性だったようだ。

我が国のサイコパス国王とは違い、少々武力寄りではある（そして、本当に失礼だ）けれど、ヴォルレアス陛下は強い国王としてツェイザン国では人気があるらしい。見た目もものすごくいいし。見た目はね。

ただ、やはり、何度も言っちゃうけど、この男はデリカシーに欠けている。今もわたしに会うなり大きな手で顔を摑んできた。決して『顎クイ』ではない。『顔ガシ』である。

大きな手で顔を潰されて喜ぶ女性はいないと思う。

「あだだだだ、いきなり何をなさいますの！」

「……少しは肉がついたようだ。人間に近づいてはきたが、まだまだだな」

「陛下、何度も申し上げておりますが、レディの顔をつかむのは礼儀作法に反します。あと、わたしは生まれてからずーっと人間でございます。ものすごく失礼なことをおっしゃっている自覚、ありますの？」

イケメンは何をしても許されるなどと思わないで欲しい。

「レディ扱いを求めるならば、早く太れ。まだ肉付きが足りん。手触りが硬いな」

「家畜になったような気分がするので、もう少し婉曲な表現をしていただけませんか？」

彼は鼻で笑うとむにむにっと数回顔を揉んでから手を離し、客間のソファーに腰を下ろした。マーシャがお茶を淹れてテーブルに置いた。わたしの前にはミルクと蜂蜜の入った壺も置く。彼女もわたしにとにかく栄養を摂らせようと気を配ってくれている。

「文官が到着したから、身体に障らない範囲で引き継ぎをしろ」

「承知いたしました」

「ディアン国王とその愛人は、身柄を確保した。そして尋問ののち首をはねた。とりあえず王都の広場に晒してあるが、確認したいか？」

確認したいと言ったら、すぐにこの部屋に生首を届ける勢いだ。ドン引きだよ！

「いえ、けっこうですわ」

さらし首なんて見たくない。

いくら憎い相手でも、落とされた首なんて恐ろしすぎて……ベルフィーヌ王妃本人なら見たいのかもしれないけれど、わたしの感性は内海朋香なので見たくないのである。

「そなたについての情報及び各証言を鑑みて、我が国に敵対していない人物であると判断したが、それでもそなたはエメランダル王家の者だ。この国で自由にさせておくわけにはいかぬ。ツェイザンに来てもらうぞ」

「はい」

ツェイザン国で監禁されるのかもしれないが、今までの生活に比べたら楽なものだろう。たぶん、食事はもらえるはずだ。ここまで太れ太れと言うのだから、きっとそれなりに美味しい料理を用意してくれるのだと思いたい。

「それから王妃よ、まさか、妊娠はしていないだろうな？　ディアン国王の血を引く赤子が腹にいるならば、産んでも命を奪うしかない」

「それは、それだけは絶対にありませんのでご安心ください」

「ふむ、その根拠は？」

「根拠は、ですね……」

わたしは唇を噛んで「ぐうっ」とうめいてから「ディアン国王陛下とは、ただの一度も、そのような関係にならなかったからですわ」と吐き捨てるように言った。

当然ながら、ヴォルレアス陛下は目を細め、信じられない、といった表情になる。

「そのような関係？　夫婦になったというのに情を交わさなかったというのか？」

「結婚した時には、ディアン国王の側にはすでにミザリー……愛人がいましたので、そういう意味でわたしは不要だったのです」

ディアンはぼん、きゅっ、ぼんのグラマー体型であるミザリーに夢中で、あまり凹凸のないベルフィーヌには興味がなかったのだ。カカシにもならない醜い女だと罵倒されたこともある。

ちなみに内海朋香さんも同じ体型だったのだよ！　くそう、お排泄物野郎、許せん！

ベルフィーヌの辛い記憶（さらに内海朋香の感情も乗っかる）が蘇り、わたしは悔しさと屈辱に震えながら続けた。

「先日申し上げた通り、ディアンにとってわたしは仕事をこなすだけの馬車馬に過ぎなかったのですわ。幸いなことに、ただの一度も女性として見られたことはございませんでした」

「ふむ、生娘というわけか」

「陛下は婉曲表現を覚えるべきだと存じますわ！」

ええ、おかげさまで、バリバリの処女ですわよありがとうございますっ！

でも、ディアンに身体を汚されるよりは、永遠の処女でいる方がずっといい。

ヴォルレアス陛下はわたしの身体を品定めするように見てから「それは、今となっては幸いだったな」と言って笑った。

どうやらこのイケメン国王陛下の目にも、わたしは女性として映っていないようだ。ぐぬぬぬぬうっ！　胸筋ぺちぺちの刑だ！

彼は「話は以上だ。引き継ぎが終わり次第、ツェイザン国に移動する」と席を立ち、悠然と部屋を出て行った。

「……マーシャ、少し休みます」

精神的に疲弊して、ちょっと泣きたくなった。

第二章　ロマンス小説、ですよね？

　ツェイザン国から、この国を治めるための執政官として、ダレン・ジューリヒという伯爵家の子息がやってきた。

「これが、この国の執政官を務めるジューリヒだ」

　ヴォルレアス国王陛下が直々に部屋まで連れてきた彼（この国王陛下は、よほどお暇なのね）を見て、わたしの中のベルフィーヌの記憶が驚いた。

「ジューリヒ先輩ですよね？　お久しぶりでございます。まさか、このようなところでお会いすることになるとは……」

　この小説で『メガネイケメン（皮肉系）』を担当するジューリヒ先輩は、学生時代と変わらないクールな笑みで応えた。

「ベルフィーヌ嬢、しばらくぶりで顔を見ますが、いろいろご苦労をなさったようですね」

「あ、あはは、じゃなくてほほほ、そんなに顔に出ていますかしら？　では、改めまして」

　わたしは、ダレン・ジューリヒ卿に「ベルフィーヌ・エメランダルにございます」とカーテシーを披露した。

このダレン・ジューリリヒ卿は、この国の学院にツェイザン国から留学していた、ふたつ上の先輩なのだ。貴族の子女が十三歳の時に入学して五年間学ぶ学院に、ディアンたちと共にわたしも在籍していた。彼とはそこの討論クラブでお会いして、一緒に活動していた。

そのため、この方はわたしと当時婚約者であったディアン、そしてミザリーの関係についてもご存じだ。

ディアンのクズっぷりもね！

「ベルフィーヌ嬢は結局、貧乏くじを引かされたわけですか。まあ、あの男と関わって生き延びただけ幸運と言うべきでしょう」

サイコパスなディアンだったから、彼にとって不要な存在だと判断されたら、わたしは即、消されていただろう。ジューリリヒ先輩もそれに気づいていたようだ。

「まったく、おっしゃる通りですわ」

二十三歳の若さでこの国の執政官に任命されるとは、頭がキレてクールなジューリリヒ先輩はツェイザン国で順当に出世していたらしい。

「大変な目に遭いましたね、ベルフィーヌ嬢」

彼は、冷たいアイスブルーの瞳でわたしを観察して「かなり消耗しているように見受けられますが、政務の引き継ぎはいつから取りかかれそうですか？」と尋ねた。

すぐに仕事の話になるところがいかにもこの人物らしい。

ふわりとした水色の髪に銀縁眼鏡姿のジューリリヒ先輩は、美貌の青年ではあるが、学生の頃は（たぶん、社会人になった今も）甘さのまったくない性格で女性を寄せつけなかった。それがむしろ、ベルフィーヌには付き合いやすかったようだ。

「すぐにでも開始できますわ。ヴォルレアス国王陛下のご温情で、だいぶ体調を回復しておりますの」

「それで回復したというのですか？　その酷い顔色で？」

「……ほほほ」

幽鬼と呼ばれるほどにやつれておりましたから、なんて冗談も言えず、わたしは上品に笑ってみせる。

銀縁眼鏡をくいっと押し上げて、ジューリヒ先輩は「あの男は昔も今もクソ野郎なのですね」と、淡々と述べた。

そばでわたしたちの話を聞いていたヴォルレアス国王陛下が口をはさむ。

「安心しろ、ジューリヒ。あの汚物はわたしが処分した。今は別の形の汚物として広場に飾られているがな」

ヴォルレアス陛下の恐ろしい冗談に、ジューリヒ先輩はにやりと笑った。

「見苦しいゴミでしょうから、早めに焼却処分することをお勧めいたします」

「オズワルドが凍結させていったが、そろそろ腐り始めているかもしれんな。病原となっても困るから、処理しておけ」

「御意」

　この世界の男子同士の冗談は、少々血生臭過ぎる。わたしは顔を引き攣らせながらも「ほほほ」と笑ってその場に合わせた。

　と、国王陛下は安定の失礼さでわたしの顔をぐにっとつかんだ。

「……まだ目の下のくまが酷いし、手首などは今にも折れそうだが、なんとか見られる姿にはなってきたな。だが、幽鬼が人間に戻るにはまだ足りん。そなたは仕事よりも太ることを優先して動け。ジューリヒも心得ておけよ。これを痩せさせることは許さぬ」

「御意……幽鬼、ね」

　だから、陛下は女子を幽鬼扱いするのをやめて欲しい！

　先輩はそこで「ふふっ」と笑わない！

　いたぶられているのか、心配されているのか、まったく意図が伝わってこないので、ふたりのイケメンはもう少し女性の扱いについて勉強して欲しいと思うよっ。

　この国王陛下は、正直言ってこの話に登場する男性の中で一番わたしの好みのタイプなのだが、これではモテないに違いない。

　レディに好まれるモテテクニックを誰か教えてあげて。

「政務の引き継ぎを終えたら、そなたをツェイザンに移送する。その時までに見苦しくない容姿になっておけ。これは命令だ」

「淑女の外見を見苦しいとか言わない！　言葉を選んでくださいって何度もお願いして……はい、わかりましたわ、努力いたします」

顔を摑まれたまま、何を言っても無駄だと諦めたわたしはがっくりしながら返事をする。

わたしはおそらく、戦利品としてツェイザン国に連れて行かれ、この国王陛下の玩具にされるのだろう。よくて側室、悪くて奴隷だ。でもまあ、最低限の食事と睡眠は保障されるはずだから、そう悪くない。いや、断首されるよりずっといい。

「ベルフィーヌ嬢は陛下と仲良しなのですね。これは驚きました」

ジューリヒ先輩が変なことを言い出した。

いや、全然仲良しなんかじゃないわ、こっちが驚いたよ！

わたしが目をむいてジューリヒ先輩を見ると、ヴォルレアス国王陛下がなぜか機嫌良さそうにわたしの顔をむにむにっと揉んだ。

「よしよし、肥えてきたな」

「だから、言い方！」

俺様な陛下は乙女の叫びをスルーした。

「ジューリヒ、ベルフィーヌ王妃の代行者となるための、正式な書類を作成したか？」

「はい。お待ちいたしましょうか？」

「うむ。ベルフィーヌ王妃本人の署名も必要だから、済ませておけ」

「承知いたしました」

わたしは会話の内容を理解できずに「え？」と首を傾げた。

「代行者とはどういうことですか？　わたしはもう、この国の王妃ではございませんよね。エメランダルはツェイザンの属国になるわけですから……」

「いや、そなたは王妃の身分のままわたしが貰い受けることになっているから、ジューリヒは代行の執政官だぞ」

「はい？」

話がまったくわからない。

戦に負けたのだから、エメランダルはツェイザンの下につくのではないのか？　国名も取り上げられて、ツェイザン国のエメランダル領とかになると思っていた。当然、国の王妃であるわたしは身分を剝奪されて、平民扱いになるはずだ。

「そなたを生かしたまま我が国に連れて行くためには、この国の頂点に立ったままわたしに従う、という形にする必要があるのだ。それ以外だと、まず、怒り狂った我が国民に殺されるな」

「ひっ」

「確かに、ツェイザン国の者は、自国民を奴隷にしようとしたエメランダル王家をよく思っていませんからね。ベルフィーヌ嬢を連れていけば、間違いなく生け贄がわりになぶり殺されるでしょう」

「ひいい……」

ふたりの容赦のない発言を聞いて涙目になってしまう。

なんて恐ろしいことを……そういうのを本人の前で淡々と言うのはやめて欲しかった

……竜人って冷酷なのがデフォルトなのだろうか。

「というわけで、そなたはわたしが娶ることとなった」

「はい？　どういうわけですか？」

「エメランダルを持参金代わりにして、ベルフィーヌ嬢がツェイザン国の王妃になってしまえば、誰も手を出せませんからね」

「わたしが、ツェイザン国の王妃？」

いやいや、おかしいでしょう！

目が点になるわ！

「戦争の賠償金は国庫から払ってもらうが、ディアンとミザリーが個人的に着服していた金や宝石を売り払えばほぼ賄えるらしいから安心しろ」

いえ、安心できませんが！

開いた口が塞がらないわたしに、ジューリヒ先輩は「大丈夫です、国民感情の裏操作はオズワルド卿がやってくれていますから」と、口調だけは優しそうに言った。

裏操作って、怖いんですけど。

「このわたしが、陛下と結婚……」

ツェイザン国王陛下は、狼狽えるわたしを見るとものすごく嬉しそうな顔をして言った。

「そうだ。もうディアンは死んだのだから、再婚しても別におかしな話ではないだろうが。そなたは死にたくないのであろう？」

「それはそうでございますが、でも……」

「ならば、わたしの妃となれ」

「でも……」

夫の首をはねた男性と再婚するとか、この世界では普通なのだろうか。

「花嫁衣装はこちらで用意してやるから、身ひとつで嫁いでくるがいい。侍女は連れてきて良いぞ」

「ありがとうございます……いえ、その」

「そなたがしなければならないのは、とにかく太って健康的な女になること、それだけだ。オズワルドが、『ベルフィーヌ王妃が大変な美姫ゆえ、ツェイザン国王に見初められた』という体でそれらしい話を作り上げたようだからな」

「うわあっ、全然それらしくないの極み！　このわたしが美姫だっていう設定？　陛下が見初めた？　それはこの上なく無謀で無茶だと思うのですが！」

「あ、政務の引き継ぎも大切ですよ。きちんと終わらせてから嫁いでくださいね」

「先輩、それはもちろんですが、えええええ？　いろいろと無理がありますよね？」

わたしがふたりの男性の顔を見比べてオロオロしていると、陛下が再びわたしの顔をつかんだ。そして、耳元で囁いた。

「無理ではないぞ。そなたは我が妻となるのだから、もっと喜ぶがいい」

カッコいいけど性格に難がありすぎるヴォルレアス国王陛下の妻だと？　なんの罰ゲー

ムかな？

「輿入れの日までには最低限、わたしを欲情させられるくらいにはなれよ？」

「よ、よく、ななななっ！」

なんて不埒な言葉を、人の耳に直撃させるのですか！

イケボ爆弾を投下されてパニックなるわたしに、ヴォルレアス国王陛下は「それは最も困難な仕事かもしれんが」と、なぜか胸部に視線を向けながら言った。

まだ肋骨が浮いてる胸部に。

そして「せいぜい励むがいい」と笑いながら去って行った。

わたしはひそかに拳を握りしめて「くうううーッ」と内心で涙した。それはベルフィーヌにとっても内海朋香にとっても触れてはならない話題なのだ。

「……先輩、今のはすべてツェイザン式の冗談、というわけでは……ないのでございますね、はい」

わたしはジューリヒ先輩にすがろうとしたが、くいっと眼鏡を上げられただけであった。

「ベルフィーヌ嬢は難儀な殿方とのご縁があるみたいですね。ご愁傷さま……いえ、ご結婚のお祝いを申し上げます。お身体を労わりながら仕事を進めましょうか。がんばって太ってください」

「ありがとうございます、先輩……いえ、ジューリヒ卿」

「いえいえ、このまま先輩として、陛下のお気に入りになってしまった哀れな後輩への心配りを心がけますよ」

意味ありげに笑いながら丁寧に頭を下げたジューリヒ先輩も、去って行った。

いやいやいやいや、どうなっているの⁉

「あのね、どうやらわたしは、次はツェイザン国の王妃になるらしいわ」

「そのようでございますね。おめでとうございます、王妃様」

「ありがとう、マーシャ。もちろんついてきてくれるわよね？」

「はい、ご一緒いたします。ツェイザンには親類も多数おりますので安心ですわ」

彼女の家はツェイザン国貴族の血を引く伯爵家なのである。そのためベルフィーヌが心配して、差別主義者の愚かなディアンに無体を働かれる前にと、早めに王宮から遠ざけたのだ。

「よかったわ。マーシャに見捨てられたら、わたしの人生は詰みだと思うのよ」

「詰み状態を幾度も乗り越えていらした王妃陛下ですから、これからも大丈夫でございますよ。わたしは決してお見捨ていたしませんしね」

「マーシャはわたしの心の拠り所よ」

疲れたので寝椅子に横たわり、額に冷たいタオルをのせてもらった。いろいろありすぎて熱が出そうだ。ベルフィーヌは精神的にとてもタフな女性だったのだとわたしは感心する。

内海朋香さんよりもメンタルが丈夫そうですよ。

この怒濤の展開は、ベルフィーヌが小説のヒロインだからなのかもしれない。

この話は『ロマンス』小説だったよね？　ロマンスの冠にもっと仕事をして欲しいと、声を大にして訴えたい。

ヴォルレアス陛下は、ロマンスのヒーローには不向きな方だと思う。なんとかならないものだろうか。かといって、他の男性と秘めた恋などしようものならば、問答無用で首が飛ぶ。ぽーんと、飛ぶ。間違いなく、飛ぶ。

「彼を……欲情、させるしかないのかしら……」

わたしは、栄養が届かないせいか膨らみがまったくない胸を見て「陛下に特殊な性癖でもない限り、難しいわね」とため息をついた。

その日からわたしは、政務の引き継ぎを進めながら、牛乳を飲んだり胸部のマッサージをしたり、重い壺を上げ下ろしして筋トレをしたりして、真剣に（主に胸の）増量に取り組んだ。

「王妃様、ファイトですわ。努力は必ず実ります、たわわ間違いなしでございます」

「ええっ、ありがとうっ、ふんっ、目指せ、たわわ、お色気王妃で、ございますわ、よっ、ととと」

「……あまり無理はなさらないでくださいませね」

「はい」

素直なわたしは壺を下ろして、痛めつけた筋肉を癒すためにモミモミし始める。

ああ、マッサージをすると肋骨がごりごり手に当たる。こんなの女性の胸じゃない。少しずつ胸の筋肉が増えてきたみたいだが、計画通りにこの上に膨らみが乗っかってくれるのだろうか？

前途多難な道のりに思えるのだが、ヴォルレアス陛下にダメ出しされて『そなたには欲情しないからやっぱり断首』なんてことになったら困るので、全力で臨まなければならない。

「日毎にお身体のラインが丸みを帯びてきましたわ。大丈夫、努力の方向は間違っていません」

身の回りのものを旅行バッグに詰め込みながら（羨ましいたわわをお持ちの）マーシャが応援してくれる。

わたしは虐げられた王妃だったので、母から受け継いだ大切なペンダント以外には、アクセサリーのひとつも持っていない。

普段着が数着のみのすっかすかのバッグを見て、ベルフィーヌの人生ってなんだったのだろうと虚しさを覚えたが、かといって内海朋香が豊かな人生を送っていたのかと考えると……うん、いい勝負だったわー、あはは。会社とアパートの往復だけの暮らし、虚しかったよね。

それにしても、ベルフィーヌの魂は何をしているんだろう。日本がどうとか言っていたから、わたしの身体の中に入って暮らしているのかもしれない。

ブラック勤務に耐えているかな？　こっちでも忍耐、あっちでも忍耐だなんて、難儀な運命を背負った王妃様だよねー。

そんなことを考えつつ、次にわたしは両手に持った文鎮をぶんぶん振り回して胸筋を鍛える。

「マーシャ、その胸の膨らみを少し分けてくれない？」

うらめしそうにたわわを見る。

侍女よりも（胸が）貧相な王妃だなんて、辛すぎるわー。

「胸は差し上げられませんが、おやつならご用意できますわ」

うん、よくできた侍女である。

わたしの運動が終わると、箱を数個抱えた部下と共に、若い女性がやってきた。彼女は頼りになる文官のひとりだ。

「失礼いたします。王妃様、ヴォルレアス国王陛下からの贈り物をお持ちいたしました」

「ありがとう。マーシャ、お願いね」

「承知いたしました」

オズワルド様のお話によると、人間を転移させるより物を転送する方が楽だということで、わたしを太らせるためのツェイザン国の美味しいおやつが度々届けられている。だが、国王陛下から来たのは初めてだ。

「あら、アクセサリーもあるのかしら」

宝石箱らしきものが現れた。

「一式揃えてあるとのことでございます。旅立ちの際にはこちらのドレスを着てティアラなどのアクセサリーを身につけ、ベールで顔を隠せる支度をするようにとのご指示をいただきました」

なんで顔を隠すのかな？

不思議に思ったけれど、わたしは文官の女性に笑顔でお礼を言った。

「そうなのね。忙しいのにありがとう」

「いいえ。王妃様がずいぶんとお元気そうなご様子なので、わたしも嬉しいです。ドレスアップされたお姿を拝見するのを楽しみにしていますわ」

わたしの王妃としてのブラックワーク時代を知っている彼女は、そう言って頭を下げて、仕事に戻って行った。

「まあ、このドレスは……」

「どうしたの、マーシャ」

渡された箱をテーブルに置き、開けたマーシャが驚いたような声を出したので、箱の中を覗き込んだ。

「なんて素敵なドレスなの。まるで妖精がまとう魔法の服のように美しいわね」

わたしは淡い水色のドレスを出して、身体に当ててみた。

……うん、胸の辺りが余裕ありすぎね。これではパカパカしちゃいそう。これはヴォルレアス国王陛下から与えられた試練に違いないわ！

マーシャはドレスを観察しながら首を捻っている。

わたしのお胸がここまで大きくなることに不安があるのかな、とほほ。

「確かに美しいですが、これを旅立ちの日に着用するのはいかがなものでございましょうか。繊細なレースと羽のように軽いチュールが重なったこのドレスは、小さな真珠と艶やかな糸で縫われた刺繍が王妃陛下の愛らしさを引き立てるとは思いますが、どう考えても旅には不向きですわ。いくらファッションに疎い殿方でも、旅をなさった経験があるのですから、それくらいはご存知のはずです」

「あ、そういうこと」

胸のサイズに関するうんぬんとは違ったようだ。マーシャの言う通り、長旅には丈夫で動きやすい旅行用のドレスを着用するのが常識なのだ……わたしは持ってないけれど。

ワードローブが貧弱すぎる王妃でございます。

「そうね。けれど、あの国王陛下は愚か者ではないわ。あえてこの破れやすいドレスに高価なティアラを身につけるように言ってきたのは、きっとわたしたちには預かり知らない思惑があるのでしょうね」

マーシャはドレスの生地に手を滑らせた。

「こちらには魔力の痕跡があります。真珠を媒介にして、なんらかの魔法がかけられているようですね。でも、生地の破れや汚れを防ぐくらいの弱い魔法です」

マーシャは身分ある令嬢であり、淑女としての教育はもちろん、護身ができる程度の戦闘技術や魔法の訓練もしているのだ。そのため、このドレスに残った魔力を分析することもできた。

「陛下の指示に従いましょう。この上に旅行用のマントを羽織ればいいわ」

「はい。あっ」

マーシャは「急いでマントを注文いたしましょう。王妃陛下は王宮から出られませんでしたから、外出用の服がまったくございません」と言って、ドレスショップのマダムを呼ぶ手配を他の侍女に指示した。

ほぼ軟禁状態で、ずっと執務をさせられていたベルフィーヌ王妃……やっぱり朋香さんより不幸だったわよね。

こうして引き継ぎの方もひと段落したので、いよいよツェイザン国へ旅立つこととなった。

「ジューリヒ先輩、ハイム閣下、あとのことはよろしくお願いいたします」

「お任せください、ベルフィーヌ嬢。ツェイザン国で健やかに過ごすことができるよう、お祈り申し上げます。承認が必要な書類は、都度お送りいたしますので早めにご返送ください」

「わかりました」

相変わらずお仕事優先のジューリヒ先輩である。

「王妃陛下、どうかお身体にお気をつけて。このようなお美しく着飾られたお姿を拝見できて、たいそう嬉しゅうございます」

「ありがとう。ハイム閣下もお忙しいでしょうが、ご無理をなさらないでくださいね。あと、これはマーシャのお化粧がとても上手なせいですから、騙されてはいけませんよ」

わたしがほほほと笑うと、ハイム閣下は「何をおっしゃいますやら！　ベルフィーヌ様はもともと大変お可愛らしい令嬢だったのですから」とにこにこして、ドレスアップしたわたしを褒めちぎってくれた。

今のわたしの容姿は、もし日本にいたら「ちょっと可愛い子がいるよ」と噂になるかもしれない。

けれど、この世界では、とっても地味なのだ。

というか、他の人たちが美形すぎるのである。小説の世界だからか、ヴォルレアス国王陛下しかり、オズワルド様しかり、ジューリヒ先輩も侍女のマーシャも、下働きの者に至るまで、はっきりくっきりした美しい顔立ちなのだ。

ハイム閣下だってイケオジだしね。

そんな中で、わたしは中身が日本人だからなのか、作者が幸薄い感じにしたかったからなのか、あまり凹凸がない控えめ美人……というか、可愛い系なのだ。

むっ、胸も控えめだしねっ、ぐすん。

とはいえ、ヴォルレアス国王陛下から贈られたドレスを纏い、メイクを施された今日は、いつもよりも数倍は可愛い……はずなのだ、うん。

「褒めてくださってありがとう、ハイム閣下。わたしはもうこの国を離れてしまうけれど、気持ちはいつも臣民とあります」

宰相としての仕事と、ディアン派の貴族を一掃する仕事とで多忙なハイム閣下は、牢にいた時よりもやつれて見える。おじさまがおじいさま寄りになってきてしまい、お気の毒である。

「このエルンスト・ハイム、命果てるまで我がエメランダル国のために身を粉にして尽くす所存にございます」

「命が果てる前に、休息してくださるよう、重ねてお願い申し上げますわ」

危ない危ない。この人が倒れたらこの国は終わる。

ジューリヒ先輩に視線で『ハイム閣下の体調管理をお願いいたします』と語りかけると、彼は「大丈夫、ハイム閣下には、エメランダル国のために長く長く長く働いていただきます」と薄く笑った。

長くって、三回言ったけど、もしや『生かさず殺さず』なの？

先輩、ちょっと怖いです。

「くれぐれもご自分を大切になさりながら、後のことをよろしくお願いいたしますね。先輩、よろしくお願いいたします」

わたしは、王妃代行とその元で宰相として働いてくれるふたりに、エメランダル国のことをくれぐれも頼むと念を押した。

ディアンの愚かな執政でダメージを受けてしまったエメランダル国だが、ヴォルレアス陛下の統治の下で、ジューリヒ先輩とハイム閣下をはじめとするまともな貴族たちが立て直してくれると信じている。それに、いつベルフィーヌと朋香が元通りに入れ替わるかわからないのだ。彼女が戻ってきた時のことも考えて、ここでの仕事をきちんとしておきたい。

こんなことをきっちりと考えてしまう性格だから、ブラックワークから抜け出せないのかもしれないけれど……。

そうそう、ツェイザン国王陛下からのご命令にも、全力で取り組ませていただきましたよ。骨と皮だった身体もそれなりに肉がつき、執務を引き継ぎ終えたら目の下のクマも薄くなった。『ガリガリ』から『スレンダーボディ』になれたと思いたい。

例の、たいそう美しいドレスは、ほんの少し胸をつめただけで着れるようになったし！

ほんの少しだけよ、上げ底はしてないし！

挨拶を済ませると、わたしたちは王家の馬車に乗り込んだ。

移動用の馬車には極力荷物を乗せないようにという指示だったので、マーシャの服も現地調達することにして、わたしたちは小さな旅行バッグふたつで旅立つこととなった。

しばらく馬車に揺られていたが、予想外に早く止まった。マーシャと顔を見合わせていると、馬車の扉がノックされ「失礼いたします」と開けられた。

「お久しぶりですね、王妃様。見間違えるように顔色が良くなって、安心しました」

「まあ、オズワルド様ではございませんか!」

わたしにエスコートの手を差し出したのは、白いローブを羽織った美形の大魔法使い、オズワルド様であった。馬車が止まったのは森の中だったので、わたしは不思議に思いながら外に出る。マーシャも辺りを見回している。

「繊細なデザインのドレスがお似合いですね。陛下もきっと喜びますよ。なんだかんだ言いながら、楽しそうに職人たちに指示していましたからね」

「そうなのですね……あの、どこに行かれるのですか?」

わたしたちは森の中にポツンと建った小屋に案内された。中に入ると、床が一枚岩でできていることに驚く。そしてそこには円形の不思議な紋様が描かれていた。

その中央に、わたしたち三人が立ち、旅行バッグも置かれた。

「ここからツェイザン国に、直接転移いたします」

なるほど、この紋様は魔法陣だったようだ。本物を見るのはベルフィーヌも初めてだ。

「転移……ええっ、転移魔法で移動するのでございますか?」

マーシャが驚愕(きょうがく)していている。

「わたしにしか使えない稀少な魔法ですが、ヴォルレアス国王陛下は麗しの王妃陛下の為ならどのような手段をとってもかまわないとおっしゃるので」

いやいや、大魔法使いの無駄遣いはよくないよ。

「それではふたり同時で参ります。動かないでくださいね。魔法陣からはみ出すと、身体の一部が変なところに飛んでしまったり、木っ端微塵に砕けてしまうことがあります。そうなると陛下に叱られてしまいますので」

「ひいいっ」

わたしとマーシャは悲鳴をあげ、固く抱き合いながら、魔法陣の真ん中で目をつぶった。


「やっと来たか。待ちわびたぞ、我が愛しき王妃よ」

目をつぶって身体をこわばらせていると、耳慣れた声がした。『姿はイケメンやること失礼』な、わたしにとっての残念ヒーローことヴォルレアス国王陛下の声だ。ということは、無事にツェイザン国に転移できたのだろう。

本当によかった。オズワルド様を信用していないわけではないけれど、日本で暮らしてきたわたしはやっぱり魔法は胡散臭いと思ってしまう。手足が千切れたりせずに到着できて、何度も言うが本当によかった。

って、何が我が愛しき王妃ですか。それって全然本心じゃないでしょ。

と思いながら目を開けると、そこには白い軍服に身を包んだ、背が高くて顔が良くてとにかくとても立派でカッコいい、腹が立つほどカッコいいヴォルレアス陛下がわたしに手を差し伸べていた。

「わあ……」

わたしは目と口をぽかんと開けて、キラキラと後光が差して見えるヴォルレアス陛下を見た。

普段の彼は、征服したとはいえ敵国に来ていたわけだから、いつも年季の入った（率直に言うと古臭い）濃い灰色の革の鎧を身につけ、無骨な大剣を背負っていた。ヘアスタイルも、普段は武人としても名高い男性らしく、無造作にかきあげられた黒髪だったし。

もちろんそれはそれでワイルドなカッコよさがあるのでわたし的には全然アリだったけれど。

おしゃれなんてしなくてもね、顔はめちゃくちゃ整っているし、姿も良くて声もいいという、非の打ち所がないイケメンだ。彫りが深くて鼻筋はすっと通り、皮肉っぽい笑みを浮かべる引き締まった唇も形が良くて、瞳は光を反射して濃い紫色に煌めいている。黙っていれば、どこのモデルさんですかってくらいの美形男性なのである。

そんな陛下は、本日は黒髪をきちんとセットしているし、野外にいるせいか濃い紫の瞳はいつもの二倍くらいに煌（きら）めいていて宝石のようだ。

白い軍服は実用的ではないから、これはおそらく儀式用であろう。金ボタンの服の肩からは金糸の飾り紐（ひも）であるエギュイエットが吊（つ）るされ、濃いブルーのサッシュが合わせてあるので若く爽やかに見える。そんな身体のラインに沿ったシルエットの服は、鍛えられた筋肉質の身体を余計に素敵に見せていて、中身が『あの』陛下だとわかっていても、胸がキュンとしてしまった。

これはもしや、制服萌えというものなのだろうか。

間違いなく言えるのは、わたしの好みのど真ん中に刺さっているということですね、ふふふ。

「どうした？　変な顔をして、転移酔いでもしたか？」

わたしがいつものようにきゃんきゃんと反応しないので、陛下は差し伸べた手を下ろして「吐くならあっちの草むらにしろ」と離れたところを指さした。

だから、そういうところ！

相変わらずのデリカシーのなさなのだが、今日の陛下は破壊力がヤバい。

何をしてもキラキラしている。

口から魂を吐いちゃいそう。

「びっくりしたー、陛下があまりにカッコよすぎて驚いちゃったよ。イケメンだとは思っていたけど、今日のは反則でしょう……こんなにいい男だったとは……」

思わず内海朋香さんに戻って呟くと、陛下は少しだけ動きを止めてから「は？　わたしがいい男だと？」と大笑いをした。

「どうしたのだ、いつも文句ばかりのそなたの口がそんな可愛らしいことを言うとは、さては旅の疲れで熱でも出したか？　よもや、妙な薬でも盛られたのではあるまいな？」

「熱出してませんし！　盛られてませんし！　いつものは文句ではなく、正当な抗議をしているだけですし！　まったく、陛下はわたしをなんだとお考えなのですか！」

見た目は変わっても、やっぱり中身は安定の失礼国王陛下だったわ。

「なんだろうな……虐められてペシャンコになって泣きながらクソ真面目に仕事をする、妙に胆の据わった変な女？」

「ひっど！　何ひとつ否定できない！　当たっているだけに酷すぎ！　陛下、言葉は時として剣より鋭い凶器になるから、もう少し使い方に気をつけてくださいと再三申し上げておりますわよね？」

「わたしは正直なだけだ」

ぐうの音も出ないわたしをドヤ顔で見下ろしながら、ヴォルレアス国王陛下はふんと鼻で笑った。

ああ、俺様感がものすごくムカつくのに、それすら許してしまう美貌が憎い。

「そんなそなたではあるが、今日からは愛らしきわたしの妃となる」

陛下がわたしの鼻の頭に手を伸ばしてきたので、また弾かれるのかと思って警戒をしたが、人差し指の先がわたしの鼻筋に沿ってつつっとおろされて、そのまま唇に触れられた。

「なかなか似合っているな」

はっ？　褒められた、ですって？

わたしがぽかんとヴォルレアス国王陛下の顔を見ていると、指の先で唇をくすぐられてしまった。

「そんなにわたしの姿が気に入ったか。よし、あとでたっぷりと可愛がってやるから、しっかりと役目を果たせよ？」

「はあ？」

「そなたはなかなか趣味がいい」

妙にドヤ顔をした陛下は、超上から目線でそんなことを言う。

「……そういうセリフは似合いませんよ」

「生意気な口だ」

彼がわたしの唇を遠慮なく引っ張り、それから手を握って引き寄せたので、珍しくエスコートしてくれるのかと思ったら、そのままひょいと肩に俵担ぎされた。

なんで俵担ぎ？　するならお姫様抱っこにして欲しいんだけど！

「いきなり何をなさるの？　淑女を担ぐなんて言語道断ですわ、お腹がゴリゴリして苦しいじゃないですか」

暴れると陛下の肩がお腹に食い込んで辛いので、わたしは身体の力を抜いて抗議をした。

「そなたはわたしと馬に乗り、共に王宮へ向かうのだ」

「馬に？　ひゃっ」

ヴォルレアス陛下が肩に担いだまま白い馬に乗ったので、わたしは変な悲鳴をあげた。

「落ちる！」

幸いなことに、そこにつけられていた二人乗り用の鞍(くら)に上手く座らされた。

だが、荷物扱いされたことには苦情を申し立てたい。

「落とさん。これから戦勝パレードを行うというのに負傷されたら困るからな」

わたしは貴婦人用の横座り仕様になっている鞍にもぞもぞとお尻を落ち着けた。ありがたいことに、ベルフィーヌは淑女の嗜(たしな)みとして乗馬の訓練も受けているのだ。さすがは王妃に選ばれるだけあって、スペックが高い。

なんでこんないい女よりもミザリーを選んでしまったのか、ディアンの気がしれない。彼も小説のヒーローだけあって、そこそこ高スペックな男性だったのに。おかしなことになったのは、学園に入学してミザリーと同級生になった頃からだよね……。

でもまあ、ふたり仲良く首になって燃やされてしまったから、もうどうでもいいか。

「あちらの広場に兵士たちが待機しているから急ぐぞ」

「そのような予定は、まったく聞いておりません」

「問題ない」

うわあん、この俺様国王陛下を、誰かなんとかしてください。

「陛下、仕事には報告・連絡・相談という大切な三つのことがありましてですね、きゃ」

話している途中に急に馬が歩き出したので小さな悲鳴をあげると、乗馬が苦手だと勘違いしたのか、ヴォルレアス陛下がわたしを自分の方へと引き寄せた。密着度が高すぎて、男性に免疫がないわたしは動揺を隠せない。

「な、何をなさるのですか？」

「そなたは馬に乗るのが下手そうだからな。わたしがしっかりと支えているから、おとなしくつかまっていろ」

「あいにくですが、乗馬は心得ておりますわ」

わたしは鞍の取っ手を摑んで彼から身体を離し、体勢を整えた。

「ふむ」

陛下はわたしの顔をむにむにっとして手触りを確かめてからベールを被せて、「うむ、肉がついたせいか抱き心地がよくなったな」と満足そうに言った。

えっち！　このセクハラ陛下め。

「では、遠慮なく走らせるぞ」

片手でわたしの腰を抱くようにして、ヴォルレアス陛下は白馬のスピードをあげた。

後ろから「王妃陛下、がんばってくださいませー」というマーシャの応援が聞こえた。

「いいか、そなたは『暴君ディアン国王と毒婦のミザリーに虐げられて監禁されていた、薄幸の王妃』ということになっている」

「そうなのですね」

馬の動きに合わせて身体を動かしているから安定しているが、陛下の手のひらから体温が伝わってくるし、すぐ傍にある身体からはお日様のような草原のようないい匂いがしてくるし、精神的には安定できなくて心拍数が爆上がり中だ。わたしの中には『あわわわわわ』と動揺している自分と、冷静に置かれた状況を把握しようとする自分がいる。

　冷静な方の自分は、ベルフィーヌの淑女教育の賜物なのでありがたい。全力で利用させていただく。

「その、美しく清らかな王妃が高い塔に閉じ込められていたところを、ツェイザン国の軍隊に発見された。そして、彼女はエメランダル国が征服されたことを知ると、国民を助けて欲しい、その為にはこの身がどうなってもよいとわたしに身を投げ出して懇願したのだ」

「事実が巧妙に曲げられたお話ですね。なんて献身的な王妃でしょう」

「そうなのだ。妖精のように儚げで、かつ献身的な姿に心を打たれたわたしは、そなたを王妃として迎えて、共にエメランダル国を治めていこうと決意した。ということらしい」

「……わたしのことを幽鬼って言ってたくせに。あと、発見された時には怨霊に間違えられましたわ」

「酷い男がいたものだな」

　お前だ！

「そして王妃は、勇敢で、愚王の手から自分とエメランダル国を救い出してくれたわたしに心を寄せて、相思相愛となったふたりは手に手をとってツェイザン国に向かうのであった、という流れになる」

「それはかなり無理な流れに思われるのですが」

「諜報活動もしている吟遊詩人たちを国中に放って、この話を広めたから大丈夫だ。今この国で一番熱い噂話となっているし、息のかかった役者たちにより芝居小屋にもかけられているぞ。そなたに国民の怒りが向かないようにと、オズワルドが考えた茶番劇ではあるが、誰も損はしないからいいだろう」

ものすごい力技の情報操作をしていた！

「茶番って言っちゃっているし。あ、だからわたしの顔をベールで隠しているんですね。顔を見られたら『美しく清らかで妖精のように儚い』って箇所が破綻してしまうから」

なーるほど。だから、妖精っぽいデザインのふわふわしたドレスを用意したわけか。

って、絶対に無理があるよね！

わたしに一生ベールをかけて過ごせと？　なんなら仮面をかぶれと？　素顔を見られたら終わるわ。

「……」

ヴォルレアス陛下は、指先でベールを摘まんでめくり、わたしの顔を見下ろすと、無言でベールを戻した。

「美しく清らかでした？」

「まあ……オズワルドを信用しろ。アレは洗脳の魔法も得意だろうから」

全国民を洗脳してくれるのかよ！　と、全力で突っ込んでもいいですか？

ルックスはものすごくカッコいいのに、その正体はものすごく失礼で常に乙女心をえぐってくださるという陛下と一緒に、たてがみが美しい白馬にしばらく揺られると、綺麗に隊列を組んだ兵士たちが待つ草原に着いた。

「まあ、皆様とても素敵ですわね」

揃いの制服に身を包んだツェイザン国の人たちを褒めたのに、陛下はなぜかムッとした顔になった。

「もちろん一番素敵なお姿なのは、国王陛下ですけれども」

わたしが冗談まじりに言うと、いつものように鼻で笑われるのかと思ったのに、陛下は口元を少し持ち上げて「そうだろう。花嫁にさっそく浮気をされるのかと心配したぞ」と言い、わたしの鼻の頭を指で弾いた。

「いたっ、花嫁の鼻が赤くなったら陛下のせいですわよ」

「小生意気な嫁がよそ見をするからいけないのだ」

あれれ、もしかしてやきもちを焼いたのかな？

さてさて、テーマパークのパレードは見たことがあるけれど、行う側に立つのは（内海朋香としては）もちろん初めてだから、かなり緊張している。

ちなみにベルフィーヌは、結婚した時にお葬式のような雰囲気の残念パレードを経験している……うん、さすがはドアマットヒロイン。

「相変わらず仲のよろしいことで何よりです。王妃様は少しふっくらとされて、お元気そうになりましたし、華麗に咲き誇るパレードの花となられますことでしょう。陛下、さあ、こちらにどうぞ」

「オズワルド様、ありがと……」

「よそ見をするな」

「いたっ」

オズワルド様の正装姿も、素晴らしくカッコいいのよね、なんてしげしげと見ていたら、またしても鼻の頭を弾かれてしまった。

「はいはい、後でゆっくりといちゃついてください」

キリッとした精悍（せいかん）な国王陛下とはまた違って、陽の光を反射してキラキラする美形の魔法使いが、パレードの立ち位置に誘導してくれた。わたしたちの前後左右を礼服を着た騎士が固めていて、背後には黒い馬に乗ったオズワルド様が続いている。

オズワルド様は「失礼いたします」と片手をあげて、わたしたちの乗る白馬をドーム状の膜で包んでくれた。彼がパレードの間中、わたしたちに魔法で防御結界を作ってくれるというので安心だ。でなければ、王族がこんな無防備な姿で人混みを進めない。

「しゅっぱーつ！」先頭の兵士が号令をかけ、ゆっくりと列が進み始めた。

「この辺りには弱いとはいえ魔物が出没するから、ツェイザン国の王都は城壁で守られている。中心に王宮があり、放射状に道が囲んでいる。正門から大通りを進み、王宮の周りを一周してから王宮の敷地に入り、広場を見渡せる塔の上のバルコニーから皆に顔を見せる」

ぽくぽくと歩む馬の上で、ヴォルレアス国王陛下が段取りを教えてくれる。

大通りはおそらく、一直線に王宮には続いていない。万一王都に攻め込まれた時に、敵が簡単に到達できないようになっているはずだ。ちなみにエメランダル国の王都は、どちらかというと碁盤の目に近い感じに道が作られていたが、やはり王宮への道はまっすぐではない。

その他にも陛下は、ツェイザン国民はイベントが大好きなのでパレードを楽しみにしていて、王都は屋台の店が並んで賑わっているとか、明日には夜会が行われるが、ドレスやアクセサリーは用意してあるから心配はいらないなど、ぽつぽつと情報をくれた。

「王宮内での暮らしは、エメランダル国とさほど違わない。マナーなども共通だ」

エメランダル国でこの国についての知識を得てきたけれど、実際に役に立つ生の情報はありがたい。牧歌的な景色の中をしばらく行列が進み、城壁に囲まれた王都の正門から中に入ると、そこには大勢の人々がわたしたちを待ち受けていた。

「す、すごい人ですね！」

「祭りのようなものだからな、かなりの人数が各地から王都に集まって来ている」

ヴォルレアス国王陛下に抱かれた馬上のわたしは、出迎える人々の多さと熱気に怯む。

そして、もしもオズワルド様の情報操作がなかったら、この熱意が全てわたしへの敵意となり、ここから引きずり落ろされてなぶり殺しにされていただろうと思うと背中がぞくりとした。

「ヴォルレアス国王陛下ーっ！」

歓声というよりも地鳴りによく似た、うおおおおお、という声が響く。わたしが身体をびくりとさせると、陛下はわたしを抱く腕に力を入れた。

「そなたの命はわたしが保証するから怯えるな」

「……はい」

この男性は、ツェイザンにおいて絶対的な存在なのだと信じよう。

歓声の中、パレードは進んでいく。

戦士たちのパレードだから華やかさはないのだが、白い軍服のヴォルレアス国王陛下の凛とした存在感が際立っている。胸を張り、群衆に向かって時折頷いて見せる国王陛下は、大きな波のように手を振り叫ぶ人々にまったく動じない。

「ベルフィーヌ、手を振れ」

指示に従って震える手を持ち上げると、歓声が一際大きくなった。

「カワイイ！」「カワイイ！」「チョーカワイイ！」

「……ん？」

馬に横乗りしながらちょこちょこ手を振っていると、歓声の中に混じる古代竜人語が聞き取れた。エメランダル国は共通語を使う国だが、ベルフィーヌはとても勉強熱心で、複数の言語と古代語を深く学んでいたのだ。

「国王陛下、カッコイー！」

「我らが王妃様、ようこそー！　メッチャカワイイー！」

待って、オズワルド様。

あなたはどんなレベルの情報操作をしてくれちゃったの？

「カワイイ、ベルたん！」「ベルたん！　ベルたん！」「カワイイカワイイー！」

ものすごく訛った古代竜人語だから、わたしは聞き間違えているのかな？

ベルたんってなに？

「ベルフィーヌ様ー、こっち向いてー」

わたしが声の方に向かって手を振ると、そこからキャアアアア！　という黄色い歓声が聞こえた。若い女の子たちにも「すっごくカワイイー」と言われてしまい、なんだか嬉しい。

だが、しかし、これはまずい。

わたしが貧相な元幽鬼な女だとバレたら、いくらオズワルド様がファンタジックな作り話を流してくれていても、詐欺師だと言われて馬から引き摺り下ろされてしまう。

「ヴォルレアス国王陛下、パレードを早く終わらせてくださいませ。身の危険を感じるのです」

「警備の者が大勢出ているから、群衆がそなたに押し寄せてくるようなことはないぞ」

いやいやいや、警備の人もわたしの本当の姿を見たら「全然美人じゃない！　騙したのか！」と一緒になって襲いかかってくるような気がするんですけど！

　その時、本当に運が悪いことに、突然の風が吹いてわたしの顔を覆ったベールが巻き上がってしまった。

「あぁっ」

　押さえようとしたが、間に合わない。

　まずい、顔が丸見えになってしまった。

　わたしは動揺してベールを掴もうとしたのだが、手が当たったその拍子にティアラから外れてしまい、繊細なレースの布は風と共に飛び去ってしまった！

「あああーっ、行かないでーっ！」

　わたしは絶望の声をあげた。

　人生が終わった。なるべく痛くないように死にたかったのに……これは無理。惨殺されちゃう。

　わたしは涙目になり、ヴォルレアス国王陛下に縋りついた。

　歓声が、ごおおおおおーっ！　と雄叫びに変わる。

「どうした？　大丈夫だ、手を振れ」

「全然、大丈夫では、ないと、思われます……」

　オズワルド様が張る結界は、どのくらいの強さなのだろうか。堅牢であったとしても、一生結界を張ってもらうわけにはいかないのだ。

ほら、ツェイザンの人たちが、あんなに大きな口を開けてこっちを見ている。丈夫そうな白い歯が並んでいる。どうしよう、まさか、噛み殺されるのだろうか？

「キャ、キャワイイイーッ！」「キャワーッ」「メッチャキャワーッ」「スゴキャワーッ！」

……え？

「ああ、やはりそなたの顔を見てしまったら興奮してこうなるか。オズワルド、結界を強固にしろ」

「承知いたしました」

風の魔法を使ったのか、後ろにいる大魔法使いの声が届いた。

「あの、陛下、どういうことですか？」

「……そなたのように、身体がほっそりして顔が白く小さい、目がまんまるであどけない女性は、我が国では老若男女問わずに高い評価をされるのだ」

「はい？」

「だから、我が国には、カワイイもの好きな者が多いのだ」

「え？」

「幽鬼のように痩せ細っていたそなただが、適度に肉がついた今は……まあいい。そら、手を振れ」

前方をじっと見ながら背筋を伸ばす国王陛下が命じたので、わたしは首を傾げながら手を振った。

群衆の「カワイイーッ！」という叫びと紙製の旗を激しく振る音に包まれて、ものすごく盛り上がったパレードは王宮の周りを一周して中へと入っていった。

第三章　戸惑う花嫁様

ベールをなくすハプニングはあったものの、わたしたちは無事にパレードを終えて王宮内に入った。

「終わったわ……」

顔を見られたけれど大丈夫だった。どうやら仮面をつけて暮らさなくてもよさそうだ。ツェイザン国民に『顔面詐欺だーっ』と殺されずに済んでひと安心だけれど、まだへたりこむわけにはいかない。

オズワルド様がやってきて、飛ばされた筈のティアラを「どうぞ」と差し出してくれた。

「まあよかった、助かりましたわ」

お値段がいくらするのか想像つかない物を紛失しないで済んだので、わたしは満面の笑みを浮かべてお礼を言う。さすがは大魔法使い様である。

「ティアラは確保できたのですが、ベールの方は残念なことになりました」

「あの場で落としたら、散々馬に踏まれますわよね。ありがとうございます、オズワルド様」

わたしが喜んでティアラを受け取ると、ヴォルレアス国王陛下がマントを羽織りながら「オズワルド、それは俺のものだからな！　あまり近づくなよ」と不機嫌そうに言った。

あれ、このティアラはわたしにくれたものじゃないのかな？

国王陛下ともあろうものが、今更返せだなんてケチくさいことを言わないでほしい。

オズワルド様はなぜか生温かい笑みを浮かべながら「わかっておりますよ、めでたく陛下のものですよね」と言ってわたしから離れた。

先に王宮に着いていたマーシャが「ベルフィーヌ様、あちらでお直しをいたしましょう」と控えの部屋に案内してくれて、そこで乱れたメイクや髪を直してもらう。

「ベルフィーヌ様がツェイザン国の方々に受け入れられることはわかっておりましたが……」

「この国の熱い国民性を実感したわ」

「竜人はあまり裏表がございませんし、わりとわかりやすいですわね。貴族も良い方がたくさんいらっしゃいますわ」

エメランダル国の貴族にも、宰相のハイム閣下のようないい人がいるけれど、陰湿な謀(はかりごと)をする人もけっこういたのだと、ベルフィーヌの記憶が教えてくれる。ディアンに与(くみ)する貴族たちには、自分の利益のために汚い手段を使う陰湿系が多かったので、ベルフィーヌを庇おうとするハイム閣下たちは陥れられてしまったのだ。

「この国は、わたしにとって暮らしやすい……のかしら」

「国王陛下のお力が強いし、王妃様は魅力的なお姿ですし、民には好意的に受け入れられると思いますわ」

ええと、竜人はちまちまっとしたものが好きなんだっけ。問題は、この国の貴族たちがわたしをどう思うか、なのよね。

「それにしても、国王陛下はこの日を待ち望んでおられたのでしょうね。少年のようなお顔つきでいらっしゃいましたわ」

マーシャは今日の王妃様はとってもお可愛らしいですものね、と言いながら上機嫌でわたしの髪をピンでとめてティアラを載せた。

「ヴォルレアス陛下が少年？　それはマーシャの勘違いではなくて？」

「ふふっ」

あらら、マーシャまでにまにま笑いを始めてしまったわ。陛下はいつもと変わりなくいじめっ子な俺様竜王様だけどなあ。

さて、準備ができたら今度は王宮前広場に集まった群衆への挨拶なのだが。

「これは……想定外の事態だな」

「規制をかけましたが、予想以上の人数になりました。広場の外にも大勢の民が押しかけて、入りきれなかった者たちを騎士団が総出で整理しております」

わたしたちは王宮の前面にあるちょっとした塔に登ってきたのだが、広場を見下ろしたヴォルレアス国王陛下が、顎に手を当てて考え込んでいる。

ちなみに「ドレスでこの階段を登るのね」とため息をついたら、オズワルド様が浮遊魔法でふわふわとわたしを浮かべて楽をさせてくれた。転移といいこれといい、魔力の無駄遣いばかりしている気がするけれど、平和な時世では攻撃魔法は必要がないからいいのかな。

「めでたいこの日に圧迫事故など起きぬよう、警備の者を増員して配置しろ」

ひと目陛下の姿を見ようと、多くの人々が王宮前広場に集まっている。

ジューリヒ先輩が教えてくれたのだが、文武両道で見た目も麗しく、頼れる為政者であるヴォルレアス国王陛下はたいそうな人気者らしい。躊躇(ためら)いなく首を落としまくる傾向があるが、あくまでも公明正大な姿勢であるし、信頼されているとのことだ。

その人気を使って、上手いことわたしの身を守ってほしいものである。

「はっ！」

陛下に安全確保を命じられた騎士さんが、元気に返事をすると駆けて行った。

広場ではぎゅうぎゅうに詰められた人々が拳を振り上げて「うおう！　うおう！」と謎の雄叫びをあげている。東京ドームのライブ会場のようだ。陛下の予想以上に竜人が熱くなっている。滅多にないイベントなので、興奮しているのだろうか。

ここは王宮といっても公の部署が入っている、いわばビジネス専用のエリアで、王族の住む建物はもっと奥にある離宮にあるらしい。で、五階建てくらいの高さの塔の外にはバルコニーがついていて、王族がその下にある王宮前広場に集まった人々に手を振って挨拶することができる。

さっき、こっそり下を見ようとしたら、目を爛々と光らせた竜人の皆さんが広場にみっちりと詰め込まれこっちを見上げていたので「ひっ」と悲鳴をあげて引っ込んじゃった。怖い怖い。

「この婚約話には人気が集まるとは思っていましたが、ここまで民衆が熱狂するとはね」

大魔法使い様が他人事のように笑っている。

「オズワルドが流した噂話が盛り上がりすぎたのではないか？」

陛下は眉間にしわを寄せているが、さほど機嫌は悪くなさそうだから、オズワルド様の首をはねたりしないだろう。

陛下の言葉にオズワルド様は肩をすくめた。

「いいえ、わたしはたいしたことはしていませんよ。ベルフィーヌ王妃様が可愛すぎたためでしょうか。もしくは、国民に大人気の国王陛下にとうとう配偶者ができるというお祝いムードで、過剰にテンションが上がってしまった、といったところでしょう」

わたしが可愛すぎるわけがないので、ヴォルレアス国王陛下の人気のせいに決定だ。

「陛下、挨拶を中止するわけにはいきません。解散を促しても興奮した群衆は聞き入れそうにないし、おふたりの姿を見るまではと、このまま夜を明かしかねない勢いです。勢いあまって王宮内になだれ込まれたら大事ですよ」

「そうだな」

オズワルド様は「竜人はとても頑健なので、もしも集団で押し寄せてきたら、彼らに悪気がなくても建物が壊れてしまうかもしれないのです」と説明してくれた。

「そんなに身体が丈夫なのですか？」

「はい。丈夫で無駄に力が強いです。騎士団には頭の中まで筋肉が詰まっているんじゃないかっていう者もたくさんいますよ。陛下も、軽々と大剣を使っていますしね」

毒舌っぷりが素晴らしいオズワルド様は「うちの父はエルフなのですが、竜人の母の尻に敷かれているのですよ。ふたりともとても幸せそうなのでいいんですけどね」と、にっこり笑いながら家庭の事情を教えてくれた。

わたしの脳裏には、崩れ落ちて廃墟と化した王宮と困り顔で立ちつくす竜人たちの映像が浮かび、この国に戦争を仕掛けたディアンは本当に馬鹿なんだなと改めて思った。

そして、オズワルド様がヴォルレアス国王陛下とは違って線の細い美形なのは、エルフであるお父さんの血筋だったんだなと納得した。

「ふむ、暴動が起きたり怪我人が出たりしては困るからな。そろそろ顔を見せよう」

陛下に声をかけられて、頭にティアラをつけただけの姿で挨拶をするわたしは『顔をさらしたらボロが出そうだけど、大丈夫かな』とドキドキしている。

「そなた、震えているな。怖いのか？」

「そっ、そそそそんなことはございませんわ！」

いや、めっちゃ怖いわ。

『エメランダル国の女は国王陛下にふさわしくない！』なんて暴動が起きたら、わたしの命が危なくなるし、祖国との関係も悪くなって、たくさんの人に迷惑がかかるのだ。わたしが評判どおりの美人じゃないせいで。責任重大過ぎて、そりゃあビビるでしょう。

でも、怯えた姿を見せたらこの陛下は絶対に意地悪なことを言ってくるだろう。なので、震える手をぎゅっと握り合わせて「みっ、皆さまにご挨拶できるのが楽しみですわ」なんて強がりを言ってしまった。

しかし、このイケメン国王陛下はすべてお見通しだったようだ。

わたしの鼻の頭を指で弾くと「そなたは面白いな、ブルブルお化けのようになっているぞ」とからかってきた。

「ブルブルなんてしていませんわ」

だが、彼は意外にも優しくわたしの頬を撫でて言った。

「大丈夫だ。皆、そなたのことを歓迎しているし、わたしがそなたを守るから。それでも怖いなら、そら、こうしてやろう」

「ひゃあ」

急に抱き上げられたわたしは、ヴォルレアス国王陛下の首にぎゅっとしがみついた。

「そうだ、そうしてわたしを頼るがいい」

急に視点が高くなったわたしは「ううう、不覚」と呟いた。

つかまってないと落ちそうだから、仕方がないの！

「いいですね、陛下。そうやって仲良しぶりをアピールすると、王妃様について妙なことを考える者もいなくなります」

「ふん、我らは本当に仲良しだからな」

いやいやいや、ドヤ顔で答えているがいつからそうなった？

「さあベルフィーヌよ、わたしの分も手を振ってくれ」

親しげに名前を呼ばれてしまうし、いったい何が起きているの？

戸惑っていると、力持ちのヴォルレアス国王陛下はわたしを片手で抱いたそのままで、すたすたと歩いてバルコニーに出てしまった。

うおおおおおお、と熱い歓声がわたしたちを迎える。

「竜人の皆さん方、盛り上がり過ぎですわ」

わたしは半泣きになる。

「怖くない、怯えずともよい。そら、皆に手を振るんだ」

「ひゃっ、ゆすらないでーっ！　落ちちゃうでしょ！」

「しっかりと支えているから大丈夫だ」

彼にかじりついていたわたしは、陛下に促されてそろそろと片手を離し、肩くらいの高さに上げた。

「ええと、皆様ー、こんにちはー」

引き攣った笑顔で、群衆に向けてちょこちょこと手を振った。

「王妃様だああーッ！」

「ちっちゃいな、手がちっちゃくてカワイーッ！」

「ヴォルレアス国王陛下、ばんざーい！」

「ご婚約おめでとうーっ！」

「お妃様、カワイーッ！」

歓声の中に、そんな言葉が聞き取れた。戸惑いながらも、そこには良い感情しかないとわかったので、わたしはせっせと手を振った。

「よしよし、いいぞ」

満足そうな陛下は、わたしの顎を摑んで笑った。

ええっ、ここで顔の肉付きのチェックをするの？

いや、違った。

「んんんんーっ？」

ヴォルレアス国王陛下は、わたしの唇を奪ったのだ！

わたしのファーストキスが、公開キスになった件！

しかも、口の中に舌が入ってくるんだけど、これは上級者向けのベロチューってやつじゃないの？

「んんんんんーっ！」

熱い舌で口腔内をかき回されたわたしの手に力が入り、ファーストキスだというのに熱烈なベロチューを交わし合ってしまう。

「うおおおおおおおおおおおーッ！！！」

自国の国王陛下の熱い口づけシーンを見てしまった群衆の興奮は頂点に達して、その歓声はいつまでも続いたのであった。


「さて、エメランダル国より遥々輿入れをして、民への顔見せも済んだ。疲れただろうから、今日は部屋に行ってゆっくりとくつろぐといい」

「……はい」

さっきから頬が燃えるように熱い。

わたしはヴォルレアス国王陛下の顔を見ないようにしながら、小さな声で返事をした。

まさかこの人が、わたしのことを女性として見ているなんて思わなかった。親しみを持ってくれているなとは感じていたし、彼にからかわれてぽんぽん言葉の応酬をしていると口元に笑みが浮かんだりしていたから、最近ちょっと仲良し兄妹っぽくない？　なんて浮かれたことは考えたりした。

でもね、あんなにわたしのことをこき下ろしていたんだよ。

幽鬼とか老婆とかガリガリとか骨しかないとか言って、かなりの頻度でオズワルド様に突っ込まれてたんだから。

……もしや、陛下は特殊な性癖をお持ちだったのかな？

「なんだ？」

「いえ」

上目遣いで顔を見たら、真っ先に唇が視界に入ってしまったのですぐに目を逸らす。

くそう、無駄に顔がいいんだから！　負けるもんか！

「なんでもありませんわ。お言葉に甘えてさがらせていただきます」

なるべくキリッとした顔を作ってヴォルレアス俺様国王陛下の目を見つめた。おもちゃを前にした猛獣のような笑みを浮かべた陛下は「今日はずいぶんと素直だな」とわたしの顔を右手で摑むと揉んできた。

「だから、淑女の扱い方！」

「わかったわかった」

全然わかっとらんわ！

だいたいね、乙女の唇を奪っておいて、なんで平気な顔をしているの？

……あれ？　もしかするとこの国ではキスは挨拶がわりなの？

「口づけをするのは番い同士の間柄だけだな」

「やだ、口から出てた⁉」

混乱して思考がダダ漏れになっていたようだ。

「ツェイザンでの常識が知りたいのなら教えてやろう。ちなみに夫婦の挨拶はこんな感じで」

くいっと上を向かされると、イケメンの顔が迫ってきて啄むようなキスをされる。

「ふたりきりになるとこんな感じだな」

離れたばかりの唇が戻ってきて、わたしの唇を包み込むようにした挙句、舌でぬるりと舐められた。

油断も隙もあったもんじゃないわ。

わたしが絶対に許してなるものかと唇を引き締めて、ついでに目もぎゅっとつぶっていると、鼻を摘ままれてしまった。

「ほら、口を開けないと窒息するぞ」

観念して口を開けると、酸素と一緒に舌が滑り込んできた。

「んーっ、んーっ、んーっ」

熱く慣れた舌が歯列をなぞり、くちゅりくちゅりと濡れた音をたてながら口の中を蹂躙する。それはとてもいやらしくて、わたしの身体の中に眠る官能を無理矢理揺り起こすような危険な快感を与えてくる。

これはプライベートな間柄のキスで、人前でやることではない。なのに、恥ずかしさすら快感に置き換えられて、わたしの脚から力が抜けた。

「や……」

彼はわたしの腰を引き寄せると、耳を噛みながら囁いた。

「そなたはわたしを誘っているのか？　愛いやつめ」

「そんなことしてません！」

彼を押し退けながらのけぞらせた胸元に、瞳の中に獰猛な光を湛えた陛下が唇を寄せて吸いあげた。

「いたっ。変なことをしないでください」

「これはわたし以外の男を視界に入れたお仕置きだ」

「もしかして、やきもちですか？　なんてね」

自分の冗談でふふっと笑うと、彼は不思議そうな顔でわたしを見た。

「……そなたのそれは、男を落とすための手練手管なのか？」

「どこからそのような結論に達したのか、十秒で教えてくださいませ」

「そなたは自分の立場をわかっていないわけではないな？　わたしの妃になるためにこの国に来たのだから、わたし以外の男に気持ちを傾けることを許さんのは当然のことだ」

気持ちを傾けるって、浮気のことかな。

まさかね。だってこれは便宜上の結婚なんだもの、恋愛感情なんて存在していないはずだよね。

「陛下、確認なのですが……」

わたしが身体を起こして声をひそめると、頭を低くしてくれたので、陛下の耳に口を寄せる。

「この結婚は、わたしがこの国の民に惨殺されるのを防ぐためと、エメランダル国を無理なく陛下の支配下に置くための方便でしょう？　わたしをお飾りの王妃にして、しばらくしたら離縁するのだと思っておりますわ。ですから、その間は王妃としての立場を演じて、わたしにできることならお仕事も引き受けたいと思っておりますの」

働かざるもの食うべからず、ですものね。無駄飯食らいにはなりませんわよ。

そう言って胸を張る。

「そなたは……賢い女と思っていたのだが、実はとんでもなく間抜けだったのか？」

「真顔で酷いことを言ってる！」

「わかったぞ、そなたは以前わたしの言ったことを根に持って、復讐しようと考えているのだろう。今は可愛くなったとちゃんと褒めたではないか……オズワルドに言われたことだし」

「義務褒めだったのか！　確かに、淑女を幽鬼扱いしたことに関して根に持っておりますが、わたしはまだ復讐を開始していませんわ」

「なんだと？　これ以上酷いことをするつもりとは、そなたはとんでもない悪女であったか！」

「悪女認定された！」

「畏れながら！　畏れながらーッ！」

段々と声が大きくなって言い合いとなったわたしたちの間に、マーシャが割って入った。見守っていた人々から「あんなに可憐なのに、陛下に食らいついていらっしゃるぞ。なんと勇敢なご婦人なのだ」「惚れてしまいそうだ……いや、惚れたかも」という声があがる。

「お話がこじれる前に、おふたりともわたしの説明をお聞きくださるようお願い申し上げます」

身体を張ってわたしたちを引き離したマーシャ（この侍女は竜人の血を引く貴族の子女なので、力が強いのだ）は言った。

「わたしが拝見いたしましたところ、おふたりの認識に大きな食い違いがあるようですわ。落ち着いて、まずは話し合いをされる必要があると存じます」

「認識の食い違い、だと？」

「はい」

マーシャが満面の笑みで陛下に言った。

「繊細な問題ですので、おふたりだけで話し合いを……」

「マーシャも来て！」

わたしは腹心の侍女に縋りついた。話がこじれて首をはねられたら困る。冷静で肝の据わったマーシャが同席してくれたら、上手く話を進めてくれると思うのだ。

マーシャは「承知いたしました」と笑顔で頷いた。まったく、頼りになる侍女である。

「でしたら、オズワルド様にも同席していただくというのはいかがでしょうか？」

「そうね、陛下の側にも誰かいた方が公平だわ。オズワルド様、いかがでしょうか？」

「わたしは構いませんよ」

輝く美貌を惜しげもなく見せて、オズワルド様は笑顔で同意してくれた。

またしても大魔法使いの無駄遣いだが、もう今更である。使えるものはなんでも使おう。

ヴォルレアス国王陛下は「……オズワルドはわたしに厳しいからな」と不満げだが、それはわたしに暴言を吐くのがいけないのだと思うよ！

というわけで、お互いに一度部屋に戻ってから、改めてお茶会兼認識のすり合わせ会が開催されることとなった。

「ねえマーシャ、お化粧は必要かしら？」

「必要ですわ。お化粧は淑女の戦闘儀式ですから」

「なるほど」

お風呂に入って疲労回復のマッサージをされたわたしは、ヴォルレアス国王が用意してくれた普段使い用のドレスを身につけて、髪をハーフアップに結ってもらった。普段着といっても、淡い桃色の滑らかな絹のドレスは、一国の王妃が身につけるにふさわしい最高級のものである。間違ってもお茶を溢さないように気をつけないと。

白粉をはたき、少し眉を描いてから（明るい金髪なので、眉が薄く見えてしまうのだ）まぶたにラメのように光る水色の粉をつけて、唇に紅をさす。

「ほら可愛い！　王妃様、これは陛下もメロメロですわよ。んもう、メッチャカワイイんだから」

「本当に素敵だわ、ぎゅっと抱きしめたくなるほどカワイーッ、失礼いたしました、お綺麗でございます」

盛り上がっているのは、わたし付きとなった侍女たちだ。

どの方もツェイザン国の高位貴族の令嬢なので、最初は『こんな貧相な女が王妃になるなんて、とかいって意地悪をされたらどうしよう』と心配になったのだが（はい、竜人の女性は皆、マーシャのような凹凸がはっきりした美人さんなのです）、すぐに安心した。

頬を染めて目をキラキラさせながら「ああ、王妃様はなんてカワイイのかしら、こんなお近くで拝見できるなんて、幸せですわ！」「ほっそりした素敵なスタイルですわね。まるで妖精のようではなくて？　空をお飛びになっても驚きませんわ」「王妃様付きの侍女になれて本当に良かったですわ、大変な競争だったのですよ」と言いながらお世話をしてくれる侍女たちが、ものすごく優しくて親切だったのだ。

そして、プリンセスラインの、花のようにスカートが広がったドレスを着たわたしが「皆様、素敵に着付けてくださってありがとう。嬉しいわ」と笑顔でお礼を言ったら、キャーッと悲鳴をあげて喜ばれてしまった。

えへへ、ちょっと嬉しい。

というわけで、身支度ができたわたしは陛下とオズワルド様が待つ部屋に向かった。

「お待たせいたしました」

わたしを見た陛下が立ち上がりながら「悪女め、どれだけわたしの心をかき乱す気なのだ！」と失礼な発言をして、オズワルド様に「だから、言葉の選択が不適切！　そこは『あまりの愛らしさに心を持っていかれた』と褒めるところだと、何度言えばわかるんですか！」とどつかれた。

繰り返す。

イケメン陛下が、「ぐうむっ」と変な声を漏らすほど、全力でどつかれた。

ええと、この小説の作者様。いつからコメディ路線に変更されたのですか？

陛下は力みながら言った。

「つまり、わたしが言いたかったのはっ、そのドレスもベルフィーヌにとても似合っていて感心した、ということ、だったのだっ」

「ならば素直にそう言ってください。陛下に悪女だなんて言われたら、仮にも妃として輿入れをしてきたわたしが嫌な気持ちになるとは思いませんでしたか？」

「嫌な気持ち……」

イケメン陛下が首を傾げる。むう、ちょっと可愛いではないか。

「『あなたって悪い人ねえ♡』と言われるのは褒め言葉ではないのか？」

わたしは顔を引き攣らせた。

「まあ、品のない！　どーこーでーっ、そんな風に褒められたんですか？　商売のお姉さんか？

怪しいお店に行ったのか？　国王陛下でございますっていうお綺麗な顔をして、そんなところに行くなんてがっかりだよ！

「そっ、それは……そなたには言えない」

「聞かれて困るような経験を元にして淑女を褒めるのは、間違っていると思います」

「……」

わたしが『不潔だわ』という目で見ると、イケメンはしょんぼりと肩を落とす。落ち込む犬のように情けないところがちょっと可愛い。これはもしや、ギャップ萌えというものなのでは……。

じゃなくて。

脇に立つオズワルド様に目をやると、彼は腕組みをしながら「やれやれ」とため息をついた。

「ベルフィーヌ王妃陛下。もうお気づきだと思いますが……ヴォルレアス陛下は、勇敢で剣の腕も立ち、外見も整っていて、さらには為政者としても清廉で素晴らしいお方なのですが、恋愛面では残念なお方なのですよ」

穏やかな笑みを浮かべて、オズワルド様が言った。そして、残念と言われた陛下はむっと口を引き結んだ。

「竜人の恋愛が少々特殊であることが理由かもしれません。一夫一婦制を厳守する竜人なのですが、そのほとんどは生涯に一度しか恋愛をしないことはご存じですか？」

「まあ。それは知りませんでしたわ」

　男性も女性もナイスバディが多いし、明るい国民性のようだから恋愛面でもお盛ん……情熱的だと思っていた。ヴォルレアス国王陛下なんて、外見も地位も名誉も天元突破しているから、たくさんの美しいご婦人から想いを寄せられて、モテモテ側室ハーレムを作っているのかと思っていたわ。

「初恋の相手が人生を共にする者となり、『番い』と呼ばれています」

「番い……はっ、もしや」

　わたしは冷水を浴びせられたようになる。

「ヴォルレアス国王陛下には、わたし以外の女性が既にいらしたということですか？　それなのに、わたしの命を救うために結婚をすることになり、ご自分の恋人に辛い想いをさせて、番い同士であるおふたりを引き裂くことになってしまったと……ああ、どうしましょう、そんなことって……」

　ここにきて、今度は『悪役令嬢』ならぬ『悪役王妃』の役をいただいてしまったの？

この作者のテイストならあり得る話だ。

　ということは、わたしはこの国でも憎まれて、ドアマット王妃になるのかしら？　今後はこの竜人の王とその番いである女性に邪魔者扱いされて、辛い日々を送るという展開なのだろうか。

神妙な顔で目の前に座るヴォルレアス国王陛下に嫌われると考えたら、わたしの胸がずきりと痛んだ。さっきまでの少し浮かれた気持ちが地の底にめり込んでいく。

調子に乗って、陛下と少し仲良くなれたなんて身の程知らずのことを考えていた。わたしのことを幽鬼だのなんだのと言っていたのは、きっと美しい番いだけが彼にとっての女性だったからなのだ。わたしはなんという身の程知らずだったのだろう。

「大変、申し訳ございませんでした。できるだけ速やかに離縁して、どこかの僻地で静かに暮らしたいと思っておりますので……」

だから、わたしを憎まないで。

ふたりの邪魔などしないでおとなしく退場するから。

なんでだろう、目から涙が溢れてしまう。すごく辛い。心が痛い。

やだ、こんな痛みがあるなんて知らなかった……。

「王妃様、お黙りくださいませ。余計にこじれますので！」

マーシャがわたしの背中に手を当てて「まったくもう、なんでそのような解釈になるのですか」と情けない声を出した。

「……離縁だと？」

地の底から響くような不穏な声がした。

「ふざけるのもいい加減にしろ、本気で許さんぞ。わたしと結婚する前に、離縁の話か？」

それまでソファーに座って俯（うつむ）いていた陛下が顔をあげて、わたしのことを恐ろしい目つきで睨みつけていた。わたしの身体が固くなる。『今度こそ、首をはねられる？』という恐怖で息ができない。

「やはりそなたは、ごふっ」

美形魔法使いの拳が、竜王陛下のみぞおちに吸い込まれた。

「陛下！　もう！　無駄に威嚇しない！　あなたは何をやっているんですか、いい加減にしないと温和なわたしでも見放しますよ！」

自称『温和』なオズワルド様が、連続でさらに三発、拳でどついた。竜人の硬い腹筋を無効にする素晴らしい攻撃に、さすがの陛下も身体をくの字に折り、苦しげに美形青年を見た。

「いや、オズワルド、これは酷くないか？　わたしは悪くないと思うぞ、いきなり離縁などと言われて、傷ついたのはわたしの方だと……」

「充分悪いんですよ！　何が悪いって、陛下の今までの言動のせいで王妃様が完全に誤解しているのと、陛下の言葉が足りないせいで、ちゃんと気持ちが伝わっていないんです！いいですか陛下、言葉にしないと伝わらないんですよ」

「しかし、先日読んだ本には、恋人同士は以心伝心だから、見つめ合っただけで気持ちが通じると書いてあったし……」

「それは恋人同士になってからの話！　陛下の場合は、まだ単なる知人レベル！　あと、見つめ合っただけで気持ちが伝わるなんてことは、魔法でもできません！」

「ち、知人、だと、ぐおっ」

がんがんどついている。オズワルド様、強い。

「そんな、わたしとベルフィーヌは婚約している仲ではないか！　それに、さっき口づけもしただろうが！　親密な男女しかしない口づけを！　これを恋人同士と言わずになんと言うのだ！」

「ああもうっ！」

オズワルド様は頭を抱えると、特大のため息をついてその場にしゃがみ込んでしまった。そして、幽界を漂う亡者のような空虚な瞳でわたしを見た。

「……力が及ばずすみません、王妃様。陛下の教育が足りていませんでした。もう一度躾け直してから、出直してもよろしいでしょうか？」

わたしは「ひっ」と息をのみ、喉元を押さえた。首の危機なの？

「話し合いは決裂でございますか？　わたしはもしや……陛下と恋人を引き裂いた罪で処刑されてしまうの？」

やっぱり首が飛ぶの？

虐められるとか虐待されるとかそういうことはすっ飛ばして、いきなり断首なの？

この陛下ならありえるわ、いやあああーッ！

疲れきった表情のイケメンが、力なく笑って言った。

「違いますよ、すれ違ってねじれたものを戻せば大丈夫です。首の心配は無用ですから落ち着いてくださいね。……申し訳ありませんがマーシャ嬢、王妃様の勘違いを正しておいていただけませんか？」

「謹んで承りました。全力でベルフィーヌ様の誤解を解きたいと存じます」

さっきからチベットスナギツネみたいな顔になってわたしを見ていたマーシャが、オズワルド様とお約束をした。

「ありがとうございます。それでは解散！」

オズワルド様がかけ声と共に勢いよく立ち上がった。

「はい、解散でございます！」

わたしは「ベルフィーヌ様、お話をいたしましょうね」と言うマーシャに引きずられるように部屋を出る。振り返ると、ヴォルレアス国王陛下はオズワルド様に引きずられていた。怒った大魔法使いはとても迫力があり、わたしは絶対に敵に回さないようにしようと心に誓ったのであった。

そして、その夜。

マーシャにいろいろと説得されたがまだ半信半疑なわたしは、夕食をいただいた後でまたお風呂で身体を温めてから全身を揉まれ、よい香りのするクリームを塗り込まれた。気持ちがよくて極楽気分だ。首をはねられて本当に極楽に行くのは嫌だけどね。

「マーシャの考えだと、わたしは陛下の『本当の』花嫁になるということだけど……信じられないわ。この国の女性はみんな、スタイルがいいし、美人だし。陛下だって口さえ開かなければ素晴らしい美男子だわ。なのにわたしは、ちょっと前までは瀕死のガリガリだったのよ。陛下の評価だって散々だったじゃないの。わたしではあの方に釣り合わないことはわかっているの」

マーシャは眉根を寄せた。

「……確かに、酷い言われようでした。あの言いようは男性として最悪だと思います。けれど、ベルフィーヌ様はとてもとてもお可愛らしいお方ですわ！」

黙って話を聞いていた侍女たちが「そうです、とても可愛いですわ！」「メッチャカワイイのです！」「ベルフィーヌ様を悪く言う方が間違っておりますわ」と慰めてくれた。

「いいのよ、マーシャ、皆様。慰めはいらないわ。自分のことは自分がよく知っているもの」

「いいえ、王妃様は自己評価が低すぎなのですわ。マーシャは王妃様のことを、外見も人間性も素敵なお方だと思って仕えて参りました」

「ありがとうね、マーシャ」

わたしは悲しく微笑んで、侍女が用意してくれた寝衣を着た。

「優美なレースがついたネグリジェね。滑らかな手触りで、最上の絹だとわかるわ」

そう、初夜を迎える花嫁にふさわしい、上品でロマンチックな白いネグリジェだ。そして、胸がスカスカだ。朋香さんで貧相、ベルフィーヌさんで貧相、人生がつらすぎる。

「ねえ、マーシャ。ヴォルレアス国王陛下は、わたしの命を救ってくれるとは言ったけれど、わたしのことを好きだとは一度も言っていないでしょう。わたしは身の程をわきまえているのよ。でも、あなた方がわたしを好いてくれているのはよくわかったわ、ありがとう」

「王妃様……」

マーシャは目元を押さえて呟いた。

「あのクソ野郎、今夜口説かなかったら首をかっ切ってやる」

「え？　なあに？」

「なんでもございませんわ、王妃様」

マーシャはいつものように優しく微笑んでいたけれど、その美しい瞳の中に光る何かはいつもと違っていたのだった。

「それでは、ご用がございましたらベルでお呼びください。おやすみなさいませ」

就寝の支度を終えて広い寝室に案内してくれてから、少し疲れた顔をしたマーシャがそう言ったので「マーシャもゆっくり休んでちょうだいね。また明日」と声をかけて下がらせた。

美しい寝衣の上にガウンを羽織ったわたしは、ため息をついてベッドの上に倒れ込んだ。

「あー、つっかれたー。なんて一日だったのかしら。精神的にやられたわ」

とびきりカッコいい姿の陛下と馬に乗って密着してのパレード、それから初めての（熱烈な）キス、からの……番いの本命女性がいたっぽい件。

　胸のときめきと乙女の期待を返して欲しい。ファーストキスは好きな人と……そう、わたしのことをちゃんと好きな人としたかったよ！

「……やめやめ、寝よう。んで、口さえ開かなきゃ最高のイケメンとキスできたんだから、これは儲けものだと思おう。疲れているとろくなことを考えないもんね。とりあえずは殺されないらしいし、お飾りの王妃でも衣食住と睡眠が保証されているから、ブラック勤務と比べたら楽勝だわ。ごはんも美味しいしさー、へへーんだ」

　唇を奪われたことは忘れることにして、わたしはベッドサイドにある椅子に脱いだガウンをかけると、ベッドに片足をのせた。

　と、かちゃりと音がして、部屋の中にあった謎のドアが開いた。マーシャが出て行ったのとは別のドアだ。

「……そなたは何をしようとしているのだ」

　入ってきたのは、シンプルな白いシャツに黒いトラウザースを着用したヴォルレアス国王陛下だった。くそう、何を着てもカッコいいな！　なんだか腹が立つわ。

「見ての通り、寝ようとしておりますが。陛下はどこから入ってきたのですか？　そのドアはどこに続いているのかしら」

「国王の私室に繋がっているに決まっているだろう。ここは王妃の部屋だぞ」

「あっ、なるほど。わたしたちは婚約中のラブラブカップルというふりをしなくちゃならないから、隣の部屋なんですね。で、つかぬことをお伺いいたしますが」

「なんだ？」

「陛下の部屋にはベッドルームがないのですか？」

「ある」

「では、なぜこの部屋へいらしたのですか？」

「……」

彼は大きなため息をつくと「そなたはなんという手強い女なのだ！」と悔しげに言った。

「わかった、少し落ち着こう」

「わたしは落ち着いていますわ」

「出直すから、そのまま待て。まだ寝るなよ」

「はい、わかりました」

戦に臨む兵士のような真剣な顔で言われたので、わたしも真顔で頷く。陛下は踵を返すとドアから出て行った。かと思ったら、すぐに戻ってきた。わたしはベッドにのせた足を下ろして、ガウンを着ようとした。

「着なくていいぞ。そのままでいろ」

「はい。……あら」

陛下の手に一輪の赤い薔薇（ばら）の花があった。わたしの部屋の居間にも飾られていたけれど、陛下の部屋にもあったのね。

「その……」

きっと口を結んでわたしに近寄ってきたヴォルレアス国王陛下は、わたしに薔薇を差し出した。

「わたしと結婚しろ」

わたしは首を傾げた。

「今さら？　そのためにこの国にやって来たんですけど。わたしたちは婚約中ですわよね？」

「そうじゃなくて、だな」

彼はうろうろと視線を彷徨(さまよ)わせていたが、決心したようにわたしを見て言った。

「その、『お飾り』ではなくて、本当に結婚しろと言っているのだ。つまりだな、俺、じゃない、わたしの、竜人の番いとして、そなたに本当の妻になって欲しい、わたしの子を産んで欲しい、永遠にわたしのものになって欲しいと……」

待って待って、情報量が多すぎる。頭に入らない。いや、入れられなくて混乱する。

「つまり……」

陛下はわたしの手に薔薇を握らせると、恐ろしい形相で言った。

「わたしはそなたが好きなのだ」

「……は？」

あたまぱーん！　でございますわ！

「申し訳ございません、何をおっしゃっているのかよくわからないのですが……」

「だから！」

陛下は得意の『顔ガシ』でわたしの顔をつかむとまくしたてた。

「そなたに最初に会った時は、ちょっと変だが立派な老婆……立派な女性だと心に残って、まだ若いエメランダル国の王妃と知ってからは幽鬼の姿にされた不憫な女性だなと気になり始め、わたしが骨と皮の姿をなんとかしてやらなければと思って接しているうちになぜか会うのが楽しくなり、宰相にうるさく言われながらもそなたの顔を見に通っていると、段々とふっくらして日増しに愛らしさが増してきてしまい、気がつくとわたしは底なし沼のような得体の知れない深みにはまっていたのだ！」

「ちょいちょい酷いことをはさんでくる！　底なし沼とか酷い！　お休み前のひと時にわたしをけなしにきたんですか！」

「深みとは、愛の深淵だ！」

「……はい？」

「つまり、俺はお前が好きで、俺たちは番いだから、チョーカワイイお前のすべてが欲しいのだ！」

「言葉遣いが乱れてます」

「これが素だ」

「顔が痛いんですけど」

ヴォルレアス国王陛下は顔を解放するとわたしを抱きあげてベッドの上に放り、のしかかってきた。ちょっと待って、これは限りなくラブシーンに近い。

「好きだ、ベルフィーヌ。愛している。俺の番いになってくれ。お前が、お前だけが欲しいのだ」

わたしは驚いて、獣のように愛を告げるヴォルレアス国王陛下を見あげた。

「本気でおっしゃっているの？」

「お前は俺だけのものだ、誰にも渡さない。俺だけを見ろ、他の男を視界に入れるな」

「いや、それは無理……んんー」

唇を塞がれてしまう。

「お前は俺の気持ちをとうに知っているのだと思っていた。今までこんなにも心を配った女性などいなかったのだから、本気で番いにしたいことが伝わっているのだとばかり思っていたのだ」

いやいや、まったく伝わってこなかったよ！　コミュニケーションが下手過ぎるよ！

「陛下の今までなんて、わたしは存じ上げませんから。顔をあわせるといつも悪口をいうお方だという認識でしたわ。可愛く思っているなどと一言もおっしゃいませんでしたし」

「……確かにな」

納得していただき幸いでございますわ。

「では、今伝わったな」

「まあ、はい」

「大丈夫だとは思うが……おま、そなたもわたしのことが好きか？　わたしの番いになってくれるか？　大事にするぞ、嫌なことはしないし、好きなものはなんでも用意してやるし、なければとってくる。美味しいものも好きなだけ食べさせてやる。わたしのそばでたくさん寝て安楽に暮らせ。だから、わたしのものになれ。わたしもそなたのものになるから。な？　な？」

イケメンの圧がすごい。キラキラと輝きまくる瞳が眩しい。

「どうだ？　わたしが好きか？　好きになれ、な？」

これは、おねだりをするドラゴンだ。断れる気がしない。というか……断るつもりはない。

「す……好き」

うわ、照れる。ちょろいと言われるかもしれないけど、わたしはこの残念な俺様国王陛下のことを好きになっていた。

ああ、もう！　わたしも段々、会うのが楽しくなってきたんだよー。なんだか悔しいけど、好きになっちゃうのは止められないんだよー。

「あなたが好きです」

彼の顔が、ぱあああああーっと輝いた。

「そ、そうか！　そなたはわたしが好きか！　うむ、そうだと思っていたぞ、よし！」

いつもの強面はどこへ行ったやら、ヴォルレアス国王陛下は犬にジョブチェンジしたようにご機嫌な笑顔になって、わたしの顔中にちゅっちゅとキスを落としながら「カワイイ、ベルフィーヌ、カワイイな」と頬擦りをした。

「よかった。いや、大丈夫だと思っていたぞ。だが、よかった、うむ」

そう言いながら、彼はわたしの寝衣を手早く脱が……そうとして力が入り、ビリビリに破いてしまった。

「まあ、何をなさいますの！」

「うむ、すまぬ」

口調は偉そうなんだけど、ニコニコ顔が止まらないヴォルレアス国王陛下は、自分のシャツも力任せに引き裂いて脱ぎ捨てた。

「もったいない！」

わたしがむき出しになった胸を手で隠しながら抗議すると、彼は「う、うむ……」と言いながら今度は丁寧にトラウザースと下着を脱いだ。

脱いだら、凄かった。生まれて初めて見た男性の全裸は……何もかもが……ナニも、凄かった！

「そなたに乱暴なことはしないぞ、本当だ」

わたしは無言でこくこくと頷く。濃い紫の瞳と、てらてらしたナニが、わたしを見つめる。

あれは……存在自体が乱暴者だと思うんだけど！

「陛下、お願いがあります」

「ふっ、なんだ？」

興奮しているのか、荒い息をしながら答える陛下の顔と、猛り狂っているナニを見比べながら、わたしは半泣きになって訴えた。

「わたし、ものすごく怖いです。い、痛くしないでくださいね？」

日本でもこっちでも、わたしは処女なのだ。これが初体験なのだ。

いくら陛下が好きでも、超イケメンでも、あんな乱暴者を受け入れられる気がしないのよー！

「ね、お願い、怖いの、痛くしないで」

「……くうっ！」

陛下は顔を歪めて「可愛すぎる！　これは駄目だ！　我慢の限界！」と吐き捨てるように言う。

「ベルフィーヌ、すまない。しばし待て。すぐに戻る。このままではそなたを喰らい尽くしてしまいそうだ」

そう言ってわたしに口づける彼は、全身から色気を噴き出していた。

顔を歪めた竜王が色っぽ過ぎる。もはや、犯罪。見ただけで妊娠しそう。

わたしの身体の奥底が反応してしまい、甘い疼(うず)きが湧きあがってくる。

屹立(きつりつ)したナニをもてあましながら、彼はベッドを下りて、ドアの向こうへと消えた。

「どうしよう。予想外の、本格的な初夜になっちゃう」

この小説はいつから十八禁ラブロマンスになったの？

要素をいろいろと盛り過ぎだと思うんですけど！

「初夜で風邪をひきました、なんて洒落(しゃれ)にならないわ」

全裸で待機していると寒いので、わたしはシックなブラウンのカバーがつけられた掛布団の下に潜り込んだ。洋風のベッドメイクだとホテルみたいにシーツがぴちっと張られていて、その間に潜り込まなければいけないけれど、この小説世界は日本人が書いたからジャパニーズスタイルが多くて助かっている。

「さすがは最高級の王室御用達羽毛布団ね、軽くて暖かくて気持ちがいいな。……なんだか眠くなってきちゃった」

これから初夜を迎えるのだから、寝てはいけない。けれど、いけないと思うほど睡魔がわたしを苛んでくるのだ。十分ほど待っていたが、まぶたが重くてたまらない。目を開けようとすると白目になりそうだ。新婚初夜の花嫁が白目を剝いていたらまずいだろう。

「待たせてすまない、湯を浴びていた！」

陛下の声に起こされた。彼は全裸にバスタオルをひっかけて、黒髪をわしわしと拭いている。張り詰めた筋肉が色っぽい。大人の魅力である。

そして、素早くナニをチェックすると、常識的な感じにうなだれていたので安心した。

「ごめんなさ……申し訳ございません。少々寒くて、ベッドに潜り込んでおりましたの」

うっかり気安い口をききそうになってしまったので、慌てて言い直す。

「そなたは小さいから、身体が冷えやすいのだな。よし、わたしが温めてやろう」

バスタオルを放り出した陛下が、隣に滑り込んできてわたしを抱きしめた。熱い胸に抱き締められて、これからどうなるのだろうと緊張してしまう。だが、人肌に直接触れるというのは想像以上に安心感があり、わたしは身体の力を抜いた。

「どうだ、温かいか？」

「はい」

「ふっ、そなたの肌はとてもよい感触だな。触れていると気持ちがよくなってくる」

わたしをぎゅっと抱いた陛下が、すりすりと頬を寄せてきた。

「カワイイな、ベルフィーヌ。ずっとこうしたかったのだが、国王という立場上控えなければならないと思っていたのだ。エメランダル国の者に舐められるわけにはいかないからな。人前でこんなにカワイイカワイイカワイイカワイイとかやっていたら、さすがにまずいだろう」

激しくすりすりされてしまった。そして、合間にちゅっちゅっちゅっというのも挟んでくる。

なんだか愛玩動物になったような気分である。

「だから、わたしの悪口を言っていたのですか」

「いや、悪く言っているつもりはなかったのだ。単に正直な感想が出てしまっただけで、いたっ」

思わずデコピンをしてしまい、はっとして「も、申し訳ございません！」と謝る。竜王にデコピンをするなんてとんでもないことだ。だが、なぜかヴォルレアス国王陛下は嬉しそうな顔をした。

「かまわぬ。そなたの無邪気な振る舞いは可愛らしいからな。王であるわたしに誰もが首を垂れ、跪いて忠誠を誓う。だが、そなたはわたしを恐れずに愛らしくぴよぴよと文句を言う。なんとも愛らしい」

「恐れてますけど！　だって、陛下はすぐに首を斬ろうとするではありませんか」

「そなたの首を斬るなんて、一度たりとも考えたことはないぞ。こんなに可愛らしい首を斬るなんて、そんなことを考える奴がいたら、わたしが首を斬り落として晒し者にした挙句鳥に突かせてやるわ！」

「やっぱり斬るんじゃないですか！」

つい突っ込んでしまった。

「血生臭い話はそれくらいにして……そなたを啄んでもいいだろうか？　婚約しているのだから、子ができても大丈夫だぞ」

今まで見たことがない満面の笑みで、イケメンが囁いた。彼のわくわくした気持ちが伝わってくる。わたしは期待と不安が半々だ。

「痛くしないでくださるのなら……」

さっきのアレが本当に入るのか心配なのだが、ここは小説の世界、なんとかなるのだと信じるしかない。

「安心しろ、番いを可愛がって気持ちよくさせるための学習は充分に積んできた！　竜人の男だから番い以外の女は気色が悪くて抱けないが、初めての経験をよりよいものにしたいからな。全力で愛撫(あいぶ)し、そなたをあんあん言わせて、早くちょうだいもっともっととおねだりをするくらいのところまで持っていけるように努力するぞ！」

目を爛々と光らせながら、大変なやる気を表明されてしまった。

しまった、竜人の恋愛について、わたしももっと学習しておく必要があったかもしれない。

「あの……閨(ねや)のことはあまり詳しくないので、優しく教えてくださいね」

上目遣いにお願いしたのがよくなかった。

「くうっ、カワイイが過ぎるぞ！　わたしの理性を焼き切るつもりなのか！」

イケメンがわたしにナニカをぐりぐりとこすりつけながら身悶(もだ)えている。もう素の自分を隠す気はないらしい。

「そんなつもりは毛頭ございませんわ。ですから、どうかこれを、穏便な姿まで縮小してくれませんか？」

わたしの下腹に棍棒(こんぼう)が当たっているのだ。

なんということだ、暴れん坊が復活してしまった。こんな凶器で襲われたら、閨事の初心者さんはひとたまりもないだろう。屍になる未来しか見えない。

ヴォルレアス国王陛下はわたしに向かってニヒルに笑った。

「いきなりそなたに突っ込んだりしないから、安心するがいい」

「淑女に対して突っ込むとか言わない！」

酷い。言葉のチョイスが残念過ぎる。突っ込んできたら叩き折ってやる。

「すまぬ。ええと……無理のない合体のために入念な準備を行い、安全かつ円滑にことを進めていく所存である」

「あっ、はい」

なんだか変だけど、真剣な顔で話してくれるから、わたしも真剣に答えた。

「なので、そなたもして欲しいかやめて欲しいか、気持ちがいいか不快であるかを口頭で述べるなど、ふたりの夜を実り多き素晴らしい時間にするための協力を願う」

「努力いたします」

「うむ……くっ、カワイイな！」

「んんんんーっ」

いきなり口を塞いでくるから、顔を齧られるかと思ったよ！

後頭部を手で掴みながら、口の中に熱い舌をねじ込み、口腔内をねぶりつくす。口の中に触れていないところはないくらいにぬるぬると舌を滑らせ、粘膜を擦る。

「ん……」

キスしただけなのに、下半身がむずむずしてきて熱くなり、大事なところがひくひくと動き始めた。甘い疼きに耐えきれず、腰が動いてしまう。その時、彼の手が背中をつつっと撫で下ろした。

「んふっ」

身体がビクッと動いてしまう。

今のは何？　電気が走ったような感じがしたけど。

下まで行った手が、今度は背中をゆっくりと撫でた。触れたところがくすぐったいような違うような変な感じになり、わたしは身をよじった。口づけの後に、耳の下を舌が這った。ぬるんとされた拍子に、わたしの口から「あん」という甘い声が漏れてしまって自分でもびっくりした。

「滑らかな美しい肌をしている」

「えっ、やっ、ああん、そこはくすぐったいから、やあんっ」

お尻をさわさわとくすぐられ、首から鎖骨にかけて舌でなぶられたわたしは、身体をのけぞらせて抗議した。

「変な感じがしちゃうから、待って」

「ん？　ここがいいのか？」

ぴちゃぴちゃと音を立てながら耳を舌先で責められてしまい、わたしはまた喘ぎながら

「そこはダメーッ」と逃げようとする。

　ちょっとこれは、ヤバい、身体がおかしい。

　逃げようとしたわたしがヴォルレアス国王陛下にくるっとひっくり返され、四つん這いになった後ろから胸を抱え込むようにされた。今度は舌が背中を這い、おまけに胸をやわやわと揉まれてしまう。

「あっ」

「だいぶふっくらとしてきたな。それに……感度がいい。そら、こんなに先を硬くしているぞ」

「やあんっ」

　胸の尖(とが)りをふたつ同時に摘まれて、そこから脚と脚の間まで衝撃が走った。恥ずかしい場所から、熱い滴りが伝っていくのを感じる。

「ああ、なんてカワイイのだ」

　わたしは抱き上げられて、陛下の太ももの上に座らされた。ぬるりと滑って、その刺激でまた声が漏れてしまう。ふたつの胸はいやらしい手つきで揉みしだかれ、柔らかな膨らみも硬い突起も丹念に愛撫され、今まで知らなかった快感が呼び起こされた。

「あん、陛下、許して、そんなに胸を揉まないで」

「こうすると気持ちがいいのだろう。身体は正直だぞ。こんなに腰を動かして……わたしの脚がそなたの愛液でべちょべちょだ」

「恥ずかしいことを言わないで、ああん！」

「そなたは感じやすくていい身体をしているな。夜は長い、もっと気持ちよくしてやるからな……そら、この芽はどうだ？」

「あっ、いや、そこはダメなの、ああっ」

陛下の右手が胸から離れて、脚の間に隠してあった感じやすい突起を探り当ててしまった。太ももにまたがっているため、脚を閉じることができずに、指先でぬるぬるとこすられるがままになっている。

「あん、ダメ、ダメよ、ああんっ」

わたしは目から涙を溢しながらイヤイヤをした。

「ダメではなくて、いいのだろう。そら、こっちの尖りと、こっちの粒と、どちらが気持ちいいのか言ってみろ」

「あああーっ、やだ、ダメ、両方はダメって言ってるのに、あん、いやっ、そこは、おかしくなっちゃうーっ」

「おかしくなっていいぞ。そら、気持ちよくなるがいい」

いやらしい水音をたてながら、肉芽を容赦なく弄られた。

「あんっ、いい、いや、そんな、気持ちいい、気持ちいいのっ、あああーっ！」

敏感な場所を同時に責められたわたしは、悲鳴のような声をあげながら絶頂に達してしまったのだった。

うわあ、ちょっと一瞬、意識が飛んじゃった。あまりの衝撃で、わたしの身体と心が混乱している。内海朋香さんもベルフィーヌさんも処女なので、二人合わせてうわあうわあ言っている感じだ。

王妃というのは、王様とベッドの上でラブラブするのも大切なお仕事なわけだから、イケメン竜王様と身体の相性が良さそうなのはとてもありがたい。だがしかし、これは常識を超えていると思う。媚薬（びやく）を盛られたわけでもないのに、処女がこんなにも感じて気持ちよくなってしまい、絶頂に達してしまうなんておかしい。『こんな展開は処女の書いたドリームエロ小説にしかない』と、ネットのコメント欄で叩かれていた気が……ああっ、ここは小説の世界だった！　それならば現実ではありえないドリーム展開になっても不思議ではない。

ドアマット小説の作者さんが、ドリームエロ小説も書いていたなんて知らなかったわ……まあ、わたしもその手の話は多数、読んでましたけどね……。

「ベルフィーヌ、カワイイ、チョーカワイイ」

半ば意識を飛ばしていたら、古代竜人語訛りで褒めるヴォルレアス国王陛下がわたしをむぎゅっと抱きしめる。全裸の彼から、やる気がビンビンに伝わってくる。

わたしの額にキスを落としてから、横に寝転んだ彼は脱力したわたしの大事なところを長い指先で弄った。

「ここをこんなに濡らして……ベルフィーヌの身体は大変いい身体であるな」

「ひゃっ」

恥ずかしい割れ目の表面を刺激されて、わたしは快感で身を震わせた。

「気持ちよくなって、股間をぐちょぐちょにしてしまうベルフィーヌ、チョーカワイイ」

「やだもう、ぐちょぐちょとか言わないでー」

「だが、こんなになっているぞ。ぐちょぐちょと濡れた音が聞こえるだろう。見ろ、わたしの指もぐちょぐちょだ」

嬉しそうに「ほら。な?」とか言って見せなくていいから!

イケメン陛下がえっちすぎる。こんなキャラだったなんて知らなかったよ。

あと、ベルフィーヌもいろいろダメですね! いくらファンタジーでも『初めてなのに感じちゃう♡』という非常識な身体はいけません。

「あの、わたしは初めてなので、お手柔らかに……あんっ」

ああ、内海朋香さんもダメでしたね。気持ちよくて流されてしまいます。脳内がピンクのドロドロになりそうです。

「柔らかく……優しく気持ちのいいところを探せばいいのだな、任せるがいい」

ゆっくりと秘所を弄り回されて、わたしは快感から逃れようとじたばた暴れた。

「ちがっ、ひゃあん!」

筋肉エロ竜王が逃してくれない!

「そうか、ここがいいのか。蜜がたっぷり溢れてくるからわかりやすくて良いぞ」

「あっ、やめて、それ以上指を入れてはいけませんってば、あああんもうっ」

秘密の穴の入り口を責められ初心者らしからぬ乱れ方をするわたしを見て、ヴォルレアス国王陛下は「感じやすくてカワイイ」と嬉しそうに笑った。

「身体は正直だ、こんなに熱くてぬるぬるして、わたしを呼んでいるではないか。素直な良い身体だ」

「違います、違うんです、やあん」

すごくいい笑顔をしながら、陛下は「力を抜け」とわたしの中に指を滑り込ませた。舌舐めずりをするのがとてもいやらしい。自分でも触れたことのない場所を男性に触られて、羞恥心と不安とが混ざった奇妙な疼きで秘肉が震える。

「熱くてぬかるんで……早くここに……わたしのものを入れたいが……おや、中に入れたらきゅっと締まったぞ……もう少し奥まで……おお、これはすごいな、指を咥えて離さないなんて……この前読んだ小説よりもエロエロな穴だ……俺は幸運な男だな、これからこの中に入れたり出したり……何度も何度も入れたり出したり入れたり出したり、こう、ぬちょぬちょする感じがたまらないこのカワイイ穴の中にわたしの棍棒をずぽっと」

「いやあああああーっ！　キャライメージが崩壊するううううーっ！」

陛下のエロエロなえっちな心の声がダダ漏れだ！　棍棒言うなーっ！

実況中継をされると恥ずかしいのでやめて欲しい。でも指で中をほじくられてすごく気持ちがいい。なんだか漏れちゃいそうなくらいに気持ちがいい。

やだ、わたしもエロエロえっち。

陛下の棍棒をチラリと見ると、さっき縮めたはずなのに、全力前進！　という凶悪な大きさに育ってしまっていた。竜人の性からすると、このたくましき男性はまだ童貞であるはずだ。これまで初夜を夢見て研鑽を積んできたその成果を、まさに今、すべてをわたしにぶつけているのだ。それは興奮しても仕方がない。仕方がないのだけれど……。

「よし、落ち着こうか。安全安楽な夫婦の和合のために、まずは一本ずつ奥まで入れていくぞ」

「あっ、待って、心の準備がまだっ、あああああーっ！」

ずぷぷぷぷっと、音を立てて指が差し込まれた。それだけで激しく感じてしまい、わたしはお尻を振っていやいやをした。

「ベルフィーヌの卑猥なお口がわたしの指を咥え込んだぞ。すごい、奥までぬるっと引き込まれた……狭くて淫靡な肉襞がきゅうきゅう締めつけてくる……ほら、引き抜こうとすると、いやらしく絡みついてくる……美味しい美味しいと飲み込んでいるようだな」

「だから、そういうことを全部言うのはやめてぇ……んふうっ」

「入れたり出したりされるのが大好きなようだ。ふむ、健気で良い穴をしている。よしよし、いい子いい子、いい穴だ」

そんなものを褒めないで！

わたしは枕で顔を隠して、恥ずかしい声を押し殺した。

陛下の指がわたしの中を丹念に掻き回して、くちゅくちゅといういやらしい音をたてながら広げていく。陛下の巨大なナニを収めるための準備だとわかっているのだが、もう本当に、気持ちよくなっちゃって恥ずかしくてヤバい。

違う、これは全部作者のせい！

「かなり奥まで入ったが、痛みはないか？」

「んっ、痛くはないです、ふうっ」

心は削られていますけど。

「顔を隠したりして、恥ずかしいのか？　ふっ、なんてカワイイ。そら、ここをこうすると、どうだ？　ん？　いいから、顔を見せてみろ」

枕を取り上げられてしまった。陛下は手慣れた様子で蜜の溢れる口を擦るように押し広げ、くるくるとかき混ぜてから中に埋めていく。そして、こちょこちょと指先を震わせる。

おのれ童貞、どこで練習したのだ？

「ここが感じるのだな？」

「も、やあっ、んっ、んっ」

「カワイイ、カワイイ」

「も、ダメ、我慢できない、枕を返してくださいっ」

快感と共にむずむずと変な感じが込みあげてきて、わたしはあんあん言いながら腰をくねらせた。

「陛下、あんっ、そこは」

なんだか変になりそう。

そう言おうとしたら、指が抜かれてしまい、中がひくひくと動いた。

「もう一本は余裕で入るな。次は二本……」

「あああああーっ」

二本はすごかった！　ぬるんと入ったのだが、圧迫感がある。わたしの秘肉が蠢いて絡みついた。

そのまま、リズミカルに指が出し入れされた。

「これが好きなのだろう？　段々とそなたの好みがわかってきたぞ」

余裕が出てきたのか、胸の頂を口に含みながら、陛下はせっせとわたしの身体を開拓している。

「ああん！　はあっ、ふあっ！」

いいところに当たってしまって、取り返した枕を抱きしめながらのけぞってしまった。

「どうした、ここか？　ここがいいのか？」

「んっ、そこ、ああん」

「なるほど、どうやらここが『中イキポイント』というものらしいな」

なにそのポイント、よく知ってるね！

このイケメン童貞はたいそう勉強熱心なイケメンらしい。

「次は『三点同時技』にいくぞ」

「え、待って、あああんっ！」

胸の先を吸われながら敏感な花芯をぬるぬると転がされ、おまけに二本の指先で身体の中を丹念にこすられてしまったわたしは、爪先をぴんと伸ばして身体を震わせた。

「やっ、おかしく、なっちゃうから、もう許して」

「だんだんとほぐれていくのがわかる……許してというのは『そこをもっとして』という意味だったな」

「それは間違った情報うあああああーっ！」

不覚にも、またイッてしまった。

やだこのテクニシャン童貞！


今度は大丈夫、絶頂に達しても意識を失わなかった。

そう、わたしはできる子、できる女なのだ。閨の睦み事に対しては初心者さんだけど、これ以上暴走する童貞の思うままにはさせておかな……。

「では、挿入する。力を抜け」

いつの間にか、わたしの大事な場所にアレが押し当てられていた！　やっぱり今、ちょっと意識が遠のいていた！

「陛下、この大きさのモノがとても入るとは思えないのですが」

イケメン陛下の棍棒様を見て、脚を押し広げられたわたしは抗議した。ひっくり返ったカエルのような姿なので情けないのだが、大事な事なので真剣に抗議させてもらう。

「痛くしないでとお願いしましたよね？　裂けたら困ります」

「そう恐れるな。そなたの大切な部分を傷つけるつもりはない。時間をかけてゆっくりと進めるから、安心してわたしに身を委ねるがいい」

「でも……」

あなたも初心者さんですよね？　信じていいの？

だが、陛下は不敵に笑った。

「そなたを娶ろうと決めた時から、わたしはオズワルドから借りた専門書で勉強を重ねてきた」

「えっ？　あのオズワルド様が……夜の手ほどきの本を……」

「豊富な蔵書であった。さすがは我が国随一の優れた頭脳と才能を持つ男だ」

頭脳と才能は関係ない分野だと思う！　あの顔でエロエロ専門書のコレクターだったとは！

爽やか美青年大魔法使いへのわたしの評価は、今、暴落した。

「そして、わたしの熱心さたるや、我が国の宰相であるイカロス・ゴーメに『陛下の、軍事学を学ぶ時よりも熱心なお姿を初めて拝見しました。願わくばその熱意の十分の一でいいから帝王学、領地経営、国際……』あとは忘れたが、彼にそのような事を言われて絶賛されたくらいだぞ！」

『それは褒めてねーよ！』と突っ込みたい気持ちでいっぱいだ。真面目な宰相さんは、エロエロ専門書に夢中な陛下に呆れていたのだと思う。

しかし、今まさに突っ込まれようとしているのはわたしの方だ。というか、話しながらも、巧みな技で凶悪な棍棒がじわじわと侵略してきている。

「んんっ、すごくキツいんですけど」

「そうか……くっ、我慢だ、ゆっくりと進めなければ……これは辛いな……」

ヴォルレアス国王陛下は、何かに耐えるように荒い呼吸をした。額には汗が浮かび上がっている。

「ははっ、ベルフィーヌは穴までカワイイ大きさだから、わたしを飲み込むのが大変なのだな」

「穴言うなー」

「……ベルたんは、下のお口もおちょぼ口」

不覚にもぷっと笑ってしまい身体から力が抜けた。すると、大きな肉棒がずるずると入り込んできた。

「ひゃうっ」

「おっと、痛かったか？」

すぐに止めてくれるところに、陛下の心遣いを感じた。

あと、こんなにも無理やり押し込まれているのに、わたしのあそこが強靭すぎてびっくりである。ファンタジー小説だからなのかな？

「痛くは、ないのですが、大きいのがいっぱいになって、お腹の中が苦しいような変な感じ……やあん」

さらに奥まで入ってきた。

痛くないし、擦られた所からじわじわと気持ちがいい。刺激が物足りなくて、思わず『もっと入れて』と言いそうになる自分が怖い。身体がファンタジー『エロエロ』小説仕様だ。

「すまん、勢いよく吸い込まれてしまった。大変な吸引力だ」

わたしはダイ◯ンか！

「そのまま脱力していろ……そんな、引っ張り込んではならん……ならんと言っているのに！　カワイイが過ぎるぞ！　ああもう、ベルフィーヌ、好きだーっ！」

「あああああーっ！」

奥まで一気に貫かれて、わたしは衝撃でのけ反った。陛下が丹念にほぐしてくれたおかげもあるのか、幸いな事に痛みは感じられない。

「これでひとつになれたな」

「はい、陛下……」

気を取り直して、わたしは目元を赤く染めたイケメン陛下を見上げた。精悍さにセクシーさが加わって、これはもう歩くイケメン爆弾と言っていいかもしれない。わたしの心もあの場所もきゅんきゅんしてしまう。

こんなにカッコいい人と初体験を迎えられたわたしは幸せ者だ。ルックスだけではなくて、中身もイケメンだということがわかったし……何よりも、わたしは彼に惚れているのだ。

「わたし、嬉しいです」

「ああ、そのようなカワイイことを！　堪えきれなくなってしまうではないか。ふう、なんて気持ちの良い……ベルフィーヌに熱く包まれたわたしのこんぼ……昂りが、この上ない幸せと満足感と永遠に大切にしたい心地良さを……味わって……駄目だ、これは、やっぱり、気持ち良すぎてっ、すまんが動くぞ！」

途中まではがんばった。だが、初めての刺激に童貞の棍棒様は耐えられなかったようだ。

「はあんっ、陛下！」

「痛みはっ⁉」

「気持ちいいっ！」

ヴォルレアス国王陛下は、「すまん、すまん」と謝りながら、腰を激しく振った。淫靡な水音が響く部屋で、わたしは半ば悲鳴のような淫らな喘ぎ声をあげた。あまりの気持ちの良さに、下半身がぐずぐずと溶けてしまいそうだ。

「あっ、陛下ぁ、そんなに激しくしちゃ、やん、中が擦れて、もう、気持ちいっ、わたし、感じちゃって、もう駄目、イッちゃ、イッちゃうから、やあああぁーっ！」

「ベルフィーヌ、ベルフィーヌ、くううーっ！」

わたしの身体の中で熱いものが弾けた。

ヴォルレアス国王陛下がわたしに覆い被さりながら言った。

「……陛下、わたしもです。あっ、また大きくなっちゃってる！」

「……ベルフィーヌ、すごくいいのだが」

放った瞬間に全復活……ですって？

「ああ、ベルフィーヌの中は最高だ！」

「ああん、陛下の棍棒様も最高です！」

「ふたりの相性はぴったりだな。番いとはそうだと聞いていたが、予想以上にすごいぞ！」

わたしの腰を両手で持ち上げながら、陛下は巧みな腰遣いでわたしの中を激しくうがった。

「あんっ、あんっ、気持ち、いいですぅ、もっと、してぇ」

甘えて強請る自分の声に自分でも驚きながら、わたしは陛下の熱情をしっかりと受け止めた。

「ベルフィーヌ、愛している、ベルフィーヌ、一生離さないぞ、俺だけのベルフィーヌ！」

ケダモノと化した陛下に揺すぶられて、わたしは人形のように身体をガクガクさせた。

普通なら首を痛めるんじゃないかと思うけど、エロエロ小説仕様なので、どんな動きをし

てもどんな体位をしても問題なく気持ちよくなるだけだった。

「やああっ、陛下、またイッちゃうのぉっ！」

「ベルフィーヌ、俺の名を呼べ！」

「あん、ヴォルレアス、ヴォルレアス、好きぃーッ！」

「ベルフィーヌ、ベルフィーヌ、俺の嫁、最高にカワイイ俺の嫁ーッ！」

「ヴォルレアス、ヴォルレアス、チョーイケメン、棍棒様までチョーイケメン！」

「ベルフィーヌ、ベルフィーヌ、チョーチョーキャワワな俺の嫁！」

何度も高みに達して、何度も好き好き言い合って、エロエロバカップルとなったわたしたちは夜明け前にようやく眠りについたのであった。

第四章　裏の顔、表の顔

　硬い枕が引き抜かれる振動で、わたしは目を覚ました。

「ん……？」

　わたしの頭の下をずりずりと去って行く腕を見て、持ち主を見る。「おはよう、朝からカワイイな」と頭を撫でて額にキスを落とすのは、昨夜めでたく夫婦となったヴォルレアス国王陛下だった。

「起こしてしまってすまん」

「い、いいえ。重かったでしょう？」

「鍛えているから問題ない」

　彼はわたしに腕枕をしてくれていたのだ。ラブラブな証、それは筋肉腕枕。少々硬くても気にならないのは、そこに愛が込められているからだろうか。

　上半身を起こして朝の光を浴びた全裸の陛下は、どこから見ても神々しい完璧なイケメンである。彼は昨夜の奮闘ぶりが夢だったかのように、クールに髪をかきあげてから、目だけで笑った。

ぎゃーと叫びそうになる程カッコいい。

黒髪に夜の結晶のような紫の瞳をしているから、黒豹の化身に思わせるしなやかな美しさがある。彼に見惚れない女性がいるだろうか？

「わたしは仕事があるが、そなたはゆっくりと休むがいい。輿入れしたばかりだというのに無理をさせてしまったからな……すっかりそなたの身体に溺れてしまったぞ。そなたの身体もとても悦んでいたようだが、充分気持ちよくなれたのか？　足りなかったのなら朝から可愛がってやるが」

「んにゃっ、なんて不埒なことを！」

エロエロ光線を浴びた動揺で噛んでしまった。

色気を全身から噴出するけしからん陛下に流し目をされて、今更ながら恥ずかしくなったわたしは顔を掛け布団で隠しながら「んもう……陛下のばか」と呟いた。そして一国の国王をばか呼ばわりしてしまったことに気づき、亀のように布団から顔を出して「も、申し訳ございません」と謝った。

「ふむ。それはわたしを陛下と呼んだことを詫びているのだな」

「いえ、そうではなくて」

「まだわかっていないようだな。では、お仕置きをしてやろう」

「なっ、いやひゃはははははは」

全力で脇腹をくすぐりに来るとは、この陛下は何を考えているの⁉

「もうっ！　お子ちゃまですか！」

「朝の光の中で我が妃の笑顔を見たかっただけだ。そら、『ヴォルレアスのばか』と言ってみるがいい」

鼻をつままれたわたしはふがふがと文句を言った。

「陛下はいじめっ子ですわ」

「ふたりきりの時は名を呼べ。呼ばないと、もっとオトナなお仕置きをして身体に刻み込んでやるが……」

手をわきわきさせながら、今度は胸を揉もうと近づけてくる。

「えっち！　朝から何をしてるのよ、ヴォルレアスのばか！」

わたしが全力で罵ると、陛下はベッドにひっくり返り、喜んで大笑いをした。

「ああ、楽し過ぎる。このままそなたとベッドで過ごしたいのだが……政務が山積みでな、宰相が休みをくれないのだ。カワイイわたしのベルフィーヌ、今夜はそなたと共に過ごせるかわからない。許してくれ」

「戦後の処理がまだたくさん残っているのですよね、仕方がございませんわ。わたしにお手伝いできることがありましたら、おっしゃってください。書類仕事は得意ですのよ」

「働き者の賢い嫁を貰えて、わたしは世界一幸せな男だ。だが、そなたが最優先することは、身体を休めて体力をつけることだからな。今はたくさん食べて、よく眠れ」

「ヴォルレアス……」

「カワイイカワイイ、わたしのベルフィーヌ。愛しているぞ」

陛下は唇にキスすると、全裸のまま部屋を出ていった。

「……あー、うちの夫がカッコ良すぎるー」

彼の後ろ姿を見送ったわたしは、ほおっとため息をついた。

「なにあの完璧超人イケメン旦那様は！　ツンデレが過ぎるわ。大好物だわ。ヤバいヤバい、頭の先までどっぷりヴォルレアスにハマってるわー」

わたしはベッドの上を転がって身悶えようとして、思ったように動けないことに気づいた。

「あら？　身体がおかしいわね」

痛みがあるわけではないのだが、ひどく全身が重いのだ。わたしはマーシャを呼ぶためにそろそろと腕を伸ばし、サイドテーブルにあるベルを鳴らした。

「おはようございます、ベルフィーヌ様」

わたしの肩書きはエメランダル国の王妃であり、ツェイザン国王の婚約者であり、番いとして情を交わしたので竜人的にはすでにツェイザン国王の妃であるという複雑なものになったので、マーシャの呼び方は『ベルフィーヌ様』に落ち着いたらしい。

「おはよう、マーシャ。あのね、身体の調子が変なのよ。上手く動かせないというか、重くてだるい感じで……」

マーシャはわたしの額に手を当てると「熱はないようですね」と言った。そして「失礼します」と布団をめくる。この世界では入浴の介添も侍女が行うから、今更肌を見られても気にならないのだが、マーシャが「ああ……はい」と微妙な表情で布団を戻したので不安になる。

「わたし、どうにかなってしまったの？」

「心配は無用にございますわ。竜人の女性にはよくある事でございます。ただ、頑健な竜人とは違って、ベルフィーヌ様は体力がございませんでしょう？」

「よくある事？　体力？　最近太ってきたけれど、まだまだ肉づきが悪いのは自覚しているわ。肉不足？」

わたしは布団の中の身体を見た。

あら、まだらだわ！　赤い点々がたくさんついて、とんでもない事になっているじゃないの！

「マーシャ、なにこれ」

わたしは布団を跳ね上げて、胸を指さして叫んだ。

「変な模様がついてるわ！」

「……落ち着いてくださいませ。ひと言で申し上げますと、ベルフィーヌ様は国王陛下のご寵愛(ちょうあい)を受け過ぎて、力尽きてしまった状態でございます。そのアザのようなものは、どこかの変態が番い可愛さのあまりちゅっちゅちゅちゅっちゅと見境いなく貪った証ですわ」

マーシャったら、変態って言っちゃってるし！

ってことは、これは話に聞くキスマークってやつなのね。なるほど、悪い病気にかかったんじゃないかと誤解する王道パターンとして、小説で読んだことがあるわ。

「安心したわ。ねえマーシャ、マーシャの言った通り、陛下はわたしのことが大好きだったのよ」

自分で言って恥ずかしくなり、わたしは赤くなった顔を隠すために布団をかぶった。

「でね、夫婦としての相性も良かったの。散々心配をかけてごめんなさいね」

「そんな、ベルフィーヌ様……もう、なんてお可愛らしい……んもう、カワイイにもほどがありますわ……」

マーシャは「もうもう」言いながら身悶えているようだ。

「駄目駄目竜王のあまりのヘタレさに呆れておりましたが、ベルフィーヌ様がご満足されたご様子なので、今回のところは許してやります」

「え？　今、なんて？」

「お互いの想いが通じて、大変よろしかったと申し上げましたの」

布団から顔を出すと、マーシャが口元に手を当てて「ほほほ」と上品に笑った。

「まずは、元気が出るお飲み物をお持ちいたします。果汁に蜂蜜を混ぜたものがよろしいかと思いますわ。そして、落ち着かれましたらご入浴いたしましょうね」

「ええ、お願いね」

そして、背中にたくさんクッションを当ててもらったわたしは、甘くて美味しい飲み物を飲み、侍女たちに介護……そう、介護されながらお風呂に入って、ちょっと口に出せないアレコレを綺麗に流してから、綺麗にメイキングされたベッドに戻って今度はポタージュスープを飲み、そのまま夢の中へと戻ったのであった。

次に目が覚めたら、太陽が高く昇っていた。どうやらお昼まで眠ってしまったらしい。ベッドの中でもぞもぞと動いてみると、身体の調子がかなり良くなっていたので安心して起き上がり、侍女を呼ぶ。

「おはようございます」

マーシャが本日二度目のおはようの挨拶をした。

「お加減はいかがですか？」

「とても良くなったみたいだわ。ジュースとスープが効いたみたいね、身体に力が入るのよ」

「ベルフィーヌ様は今まで充分なお食事を取ることができなかったので、あれっぽっちの食事で回復されてしまうのですわね……なんておいたわしい……」

マーシャが涙ぐんでしまったので、慌てて「あら、まだわたしのおなかは賑やかに鳴っていてよ？　お食事をいただいてもよろしいかしら」とごはんをねだる。

「もちろんでございます！　すぐに用意いたしますわ」

マーシャは部屋の外に控えていたメイドに食事の指示を与えると、わたしの着替えを手伝ってくれた。

「こちらにございますのは、とりあえずの普段着だそうです。ベルフィーヌ様の体力が回復して、この国での生活に慣れましたら、王室御用達のドレスメーカーを呼んで新しいドレスをたくさん作るそうですわ。楽しみですわね」

ドレスルームにずらっと並んだ様々なデザインの素晴らしいドレスを見て、わたしは目を瞠った。

「驚いたわ、これが普段着なの？　舞踏会に着ていってもおかしくないような、たくさんの素敵なドレスが普段着だなんて、贅沢すぎて、天罰があたらないか心配よ」

さらにアクセサリー置き場を覗いてみたら、箱の中にあまりにもまばゆい宝石が整列していたので、気の弱いわたしはそっと蓋を閉めさせてもらった。

そういえば、濃い紫色の宝石が多かったわ。ヴォルレアス国王陛下の瞳の色にそっくりね。

「ベルフィーヌ様、本来ならば、質の良い物を身につけて着飾るのも王妃の大切なお仕事なのですよ。エメランダル国では、あの卑しい女に予算をすべて使われて、たいそう悔しい思いをしておりました。これからはその分も取り返せるようにいたしましょう。楽しみですわね」

わたしを飾る喜びに目覚めてしまったマーシャは、お人形遊びを許された幼女のような愛らしい笑顔で言った。手早く髪を結い上げて、真珠の髪留めとリボンで華やかにしてくれる。

わたしはエメランダル国王妃だったというのに、以前は時代遅れのボロドレスしか手に入らなかったのよね。アクセサリーは母の形見のペンダントがひとつだけだし……侍女の腕が存分に振るえるようになって良かったわ。

「そうだわ、すっかり忘れていたけど実家はどうなったのかしら？」

父は存命だけど、辺境の領地を留守にするわけにもいかず、王都に出てきていた叔父と従兄弟はディアンに投獄されていた。解放されてからはふたりとも領地に戻り、父に事の次第を連絡してくれた。その後、何度か手紙のやり取りをしたけれど、政務の引き継ぎと太る仕事（あの頃は、ヴォルレアス国王陛下の言う通りにしないと首が飛ぶと思っていたのよ）を優先していたので時間が取れず、輿入れの日も短い手紙を出すのがやっとだったのだ。

「わたしのところに入った情報によりますと、特に問題はございませんわ。変な横槍が入らなくなり、領民の暮らし向きも良くなったのでございましょう？」

「ええ、ありがたいことにジューリヒ先輩と宰相のハイム閣下がいろいろと気にかけてくださったの……そうね、きっと大丈夫ね。あとでまた、お手紙を書きましょう。お父様はきっとわたしのことを心配なさっているわ」

この国で歓迎されている事を伝えれば、父も安心すると思うのだ。

内海朋香の両親はいわゆる毒親で、子どもの頃はネグレクト状態からの家事奴隷にされ、ふたりが離婚してもわたしに連絡すらくれなかったくらい情が薄かったから、ベルフィーヌの父親や叔父や従兄弟、その他の親類に心配してもらえたのは衝撃だった。わたしは初めて肉親の温かさに触れてちょっと泣いてしまった。

中身が入れ替わってしまったのは申し訳ないけれど……わたしは本当の父だと思っている。これからも全力で親孝行をしていきたい。親孝行ができることがありがたいのだ。

普段着に着替えたわたしは、心配するマーシャに手を引かれながら小さなダイニングルームへ移動をした。わたしの私室には、リビングルームにベッドルーム、ティータイムを楽しむための華やかな部屋にお風呂にドレスルームにメイクアップルームに……その他、侍女たちが控える部屋とか仮眠を取る部屋とかすべて揃っている。

で、マーシャが住む部屋がその脇にある。二十四時間のブラック勤務のような気がするけれど、本人のたっての希望なのでこれは仕方がないのだ。彼女は、ディアン達の魔の手が伸びる前にとわたし（というか、ベルフィーヌ）が王宮から離れさせていた間に、味方がいなくなったわたしが悲惨な状態になってしまったことを大変悔やみ、もう一生わたしから離れないと天に誓ってしまったのだ。なんとも情の厚い侍女なのだが……わたしはマーシャをとても好きで、もはや家族のように愛していると言っても過言ではない。だから、ぜひ幸せな人生を送って欲しいと願っている。是非とも愛する人と一緒になって、素敵な家庭を築いてもらいたい。

今そんなことを言うと、「嫌です、なんとおっしゃられようとも、このマーシャは一生ベルフィーヌ様から離れません！」と泣いて怒るだろうから言わないけれどね。少しずつ説得していこうと考えている。

「ベルフィーヌ様、本来ならば数日間はゆっくりと休んでいただきたいのですが、今夜、ベルフィーヌ様を歓迎する夜会があるそうです。とはいえ、着飾って玉座に座り、ご挨拶に来られる皆様に対してにこにこしてみせれば良いとのことですので、なんとかご出席いただきたく存じますわ」

「夜会が……ああ、昨日なんだかそんなことを言っていたわね。あの陛下、報告連絡相談をもうちょっとなんとかできないものかしら」

わたしはため息をついた。

「ベールで顔を隠していて良いそうですので、夕方からお支度をすれば間に合うでしょう。ドレスは……こちらを着るようにと」

淡い桜色の美しいシルクのドレスを見せられたので、わたしは「また素晴らしいものを……ツェイザン国の文化はたいしたものね」と感心した。

滑らかな光を放つそのドレスは、パレードの時に着ていたものと雰囲気が違って、身体のラインに沿った上品で大人っぽいデザインだ。シンプルなドレスはレースで編まれた白いボレロと組み合わせるようになっていて、そこにはキラキラと輝くビーズがたくさん編み込まれている。ベールもレースで編まれているが、こちらもパレードの時のものと違って、肩まで覆える長くて軽やかなベールだ。

「アクセサリーは……ダイヤモンドとタンザナイトですわね」

タンザナイトは青みが強い紫色をした、とても美しい宝石だ。ヴォルレアス国王陛下の瞳は光の当たり方で赤みがかった色にも青みがかった色にも見える不思議な紫色をしているから、彼の持つ色に合わせたアクセサリーとなる。

竜人は番いに対して強い独占欲を発揮するらしいから、これも『この女は俺のものだぞ』という意思表示なのだろう。


ダイニングで魚料理がメインの美味しいランチをいただき、食後のお茶はリビングのソファーに座って飲むことにした。この世界ではパンがふわふわだしライスもちゃんとある。この話の作者が日本人で良かったわ。探したら、どこかの国に和菓子もあるかもしれない。

「マーシャ、ひとりでゆっくりしたいのだけれど……いいかしら」

わたしがそう言うと、腹心の侍女は「もちろんでございますわ」と優しく笑った。

「夜会のお支度の前に軽いお食事を召し上がった方がいいですから、頃合いを見てお持ちいたしますわね。それまで下がらせていただきますのでお楽になさってくださいませ」

「ええ、ありがとう」

「お茶はわたしがお淹れいたしますか？」

「自分で淹れるから大丈夫よ」

マーシャはお茶の準備をしてから部屋を出て行った。他の侍女たちにもわたしをひとりにするようにと指示を出してくれる筈だ。

放置されていた王妃であるベルフィーヌは、意地悪なミザリーの陰謀のせいで、ただひとり自分を見捨てなかったマーシャ以外の侍女が居つかなかったこともあり、できることは自分でやるようになっていた。その弊害で、寝る時以外はほぼ誰かが側に控えている他の貴族女性と違って、ひとりの時間を作らないと落ち着かなくなってしまうのだ。

ミザリーの尻馬に乗って、虐待の片棒を担ぐ悪辣な侍女もいたしね！

ちなみに内海朋香さんも長年両親から放置されていたし、就職してからは友達も彼氏もいなくて（子ども時代から友達がいなかったんじゃないの？　って質問は受け付けないからね！）ひとり暮らしをしていたから、孤独耐性があるし何でも自分でできる。だからこの世界でも、時折肩の力を抜く時間が欲しいのだ。

「ふう。『高貴な女性は自分でできることも侍女にさせなければならない』って縛り、キツイよね。ベルフィーヌが自立した女性でよかったよ」

わたしは慣れた手つきでお茶を淹れると、ソファーに座って飲んだ。お茶菓子として、マドレーヌに似たツェイザン風の小さなバターケーキと、こんがり焼けたメレンゲ菓子が添えられていた。食後の甘いものは別腹なので、喜んで食べる。

「エメランダルもツェイザンも、美味しいお菓子がたくさんあって嬉しいな」

バターケーキにはレモンの皮のすりおろしが入っているらしく、柑橘類（かんきつ）のいい香りがして美味しい。メレンゲは表面がカラメル化して良い風味だ。カラメルの味って大好き。カスタードプリンとか、最高よね。お茶は紅茶に似た茶葉にミントとカモミールの花が配合されている、大好きなものだ。爽やかで、かつ心が落ち着くという効能があるらしい。美味しいから選んでいるのだけれど。

　ぼんやりしながらお茶とお菓子をいただき、こんなに幸せでいいのかと考える。素敵なドレスに美味しい食べ物、優しい人達。

　それに、好きな人と結婚できるしね。これが一番大事よ。

「ベルフィーヌさんはどうしているかな。やっぱりわたしの身体の中に入っているんだろうと思うけど……ま、彼女はスペックが高いから日本で暮らしていけてるよね。知識や技術は内海朋香のものをそのまま使えるから大丈夫だろうし。あ、パソコンを使えるから楽勝か！　情報の入手しやすさにかけては、インターネットが普及している日本はことはえらい違いだもんねー」

　おやつを終えたわたしは、誰も見ていないのをいいことに、ソファーに転がった。ドレスを着ている時は背筋をピンと伸ばしているのが淑女のマナーなんだけど、ベルフィーヌの知識には暫し眠っていてもらうことにする。かなり回復したとはいえ、昨夜の熱烈な閨事のせいで、まだ身体が気怠いのだ。今夜はたぶん、ゆっくり眠らせて貰えると思うけれど、夜会でにこやかに過ごすためにはもう少し元気を取り戻す必要がある。

　わたしは手のひらにあるツボを揉み揉みしながら、怠惰な時を過ごした。

ちなみにこの世界での連絡方法は、通常ならばお手紙のやり取りだ。運ぶのは馬車か、お高い速達だと魔物使いが手懐けた魔鳥（文字通り、魔物の鳥だ）らしい。腕利きの魔法使いを好きに使えるヴォルレアス国王陛下ならば、魔法使いが使役する魔鳥とか小さなドラゴンを使って直通で手紙を運ばせるから、かなりのスピードだ。電子メールと比べちゃうと、タイムラグが大きいけど。

ドラゴン便は大きな荷物を運ぶことが可能である。魔物使いの才能があるジューリヒ先輩もマイドラゴンが使えるため、オズワルド様が忙しい時にはエメランダル国から書類を持った竜が飛んでくるらしい。

時折マーシャが王宮内の情報をくれるけど、それは特殊な人脈を使って集めたものらしい。怖いので詳しくは聞かないようにしている。上位貴族の貴婦人でこの国に親戚がたくさんいるマーシャが、闇の部隊とか持っていたらと思うとね……うん、考えないぞ。

「まだお昼寝してても大丈夫なくらいの時間だよね……え？」

ぼうっと部屋の入り口を見たわたしは、思わず二度見してソファーから起き上がった。

「えっ、えっ、何？　どういう事？」

部屋のドアは、どれも焦茶色をした木製で、表面には植物の模様が彫刻をされている。

それなのに。

そこにあるのは、見慣れたスチール製のドア……わたしが住んでいたアパートのドアなのだ。

「玄関のドアが、何でここに？」

わたしは金属製のドアをコンコンとノックしてから、ドアノブを握った。馴染みのある手触りだ。かちゃりと音がして、ゆっくりと引っ張ると鍵のかかっていないドアは抵抗なく開いた。

「……うちの、中だ」

アパートの玄関。

振り返ると、王宮の部屋。

これはどうなっているの？

「誰？　……まあ、なんて事でしょう！」

奥から出てきたのは……わたし……えっ、わたし？

ショートカットを明るく染めて、見たことないベッコウ風フレームの眼鏡をかけたわたしは、驚いた顔で口元を押さえてわたしを見た。

「わたしですわ。顔色が良くて健康そうで、わたしの知っているわたしではないけれど……そうね、まだ実家にいた頃の姿に似ているわね。でも、どうやってここへ……とにかく、こっちに入ってちょうだい」

わたしがわたしの腕をつかみ、家の中へと連れ込もうとした。

「待って、靴、脱がないと」

「あっ、そうでしたわね」

　パンプスを脱いで、勝手知ったる部屋にあがる。

「あの、あなたはベルフィーヌ、なのね？」

「そうよ。あなたは朋香ね。身体に肉がついて、綺麗なドレスを着て、頬が素敵なピンク色をしているけれど……良かったわ、向こうの世界で幸せそうじゃないの。上手くやったのね！」

　ベルフィーヌ＝朋香は「まあ、そこにお座りなさいな。今、お茶を淹れますわ」と、見覚えのないクッションにわたしを座らせた。

「ありがとう。……ベルフィーヌも顔色がいいわ。ブラック勤務をしているようには思えないくらいに元気そうだし」

　目の下にはクマはないし、シャキシャキ動いて身体からパワーがみなぎっているように見える。

「おかげさまで元気に暮らしているわよ。この国はとても楽しいところね。あとね……あの会社は辞めちゃったわ」

　彼女は可愛らしくうふふと笑い、「クソ会社には、わたしがお仕置きをしておきましたわ。正当なお金をきちんとむしり取って、廃業に追い込みましたのよ」と恐ろしい事を可愛らしく言ってのけた。

「ベルフィーヌ……淑女が『クソ』なんて言ってはいけなくてよ」

　混乱したわたしは、まずはそう言ってからお茶を一口飲んだ。

「美味しいわね。って、違う、気にするところはそこじゃない！　それこそクソどうでもいいことだった！」

「朋香ったら、セルフボケツッコミが上手だわね」

わたしの中に入ったベルフィーヌは「このお茶はネットでお取り寄せしたのよ。デパートでも手に入ったんだけど、たくさん買うならネットの方が断然お安いの。人件費がかからないからでしょうね。この国は便利で住みやすいから気に入っているの」と言って、上品にほほほほと笑った。

ぬぬぬ、ネット通販を使いこなしている！

「それから、わたしは基本的に朋香の知識を使って話しているから、朋香の語彙に引きずられてしまうことがあるの。多少のお下品な表現があっても堪忍してくださらなくてはいけないわ」

「あ、そか。わたしもベルフィーヌに引きずられて淑女喋り（しゃべ）になるもんね」

ベルフィーヌ王妃陛下にお排泄物なんて言葉を喋らせたのは、ひとえにわたしの責任でございます。いやいや、反省の前にベルフィーヌが何をやらかしてくれたのかを聞かなくちゃ。

「まずは、いったい何をしたのかを説明して……」

「朋香、正座！」

「へっ？」

ベルフィーヌにいきなり指をさされたわたしは、驚いてのけぞって、その勢いで床に転がってしまった。イージーパンツ姿のベルフィーヌはいいかもしれないけれど、ゴージャスなドレスを着ていると、クッションに座るだけでも難しいのよ？

「ちょっ、助けて。正座は無理」

「仕方のない人ね。淑女らしからぬ振る舞いですわ、もう少し努力をなさってくださいませ」

マナーの講師みたいな事を言いながら、彼女はわたしを起こし「ベッドに座った方が楽かもしれなくてよ」とドレスを上手くさばき、ベッドに座るのを手伝ってくれた。

「それでは、さっきの続きですわ。朋香、あなたはわたしのことを散々、それこそ毎晩、おとなしく虐待されているだのドアマット王妃だの言ってくださいましたけれどね、あなたの劣悪な勤務状況、あれはなんでしたの⁉」

「え」

「わたしも馬車馬でしたが、あなたも立派な馬車馬でしたわ！」

「いや、そう？　そんなに酷かった？」

「エメランダルのような、命を狙われる危険と背中合わせで、いつ首を落とされるかわからない場所とは違って、この日本という恵まれた国で、なぜあんなにもおとなしく搾取されていらしたの？　愚かにも程がありますわ！」

「え、ま、マジ？　そこまで？」

「そこまでですわ！」

ベルフィーヌは鼻息も荒く、腕組みをしながらわたしに説教した。

「完全に洗脳されていらっしゃいましたわね。わたしが調べましたところ、三年前から勤務状況が異常になり始めていました。残業代も休日の出勤手当もすべて無かったことにされて、文句も言えずに働いていたことを自覚していますか？」

「……あー、そう言われてみると」

思い当たる。じわじわと首を絞められるように会社がブラック化していったから、それが当たり前だと思って気がつかなかったよ。

「こちらに来て、朋香として働きながら、わたしはいろいろと調査しておかしさに気づきました」

「ええっ、よくそんな時間があったね？」

「わたしにとっては、食事と数時間の睡眠があれば、あとは楽しい余暇ですわ！」

ベルフィーヌさんのギラギラした瞳が怖いですぅ……。

「というわけで、わたしは勤務しながらパソコンの稼働状況やタイムカードの改ざん、メールの送受信の記録などの証拠を集めて、労働基準監督署に相談をいたしました。そして、確実に未払い賃金を受け取れるとわかりましたので、労働関係に強い弁護士も雇って会社と交渉をしましたのよ」

「さすがは国を回していた才女、有能過ぎて怖いわ」

「そうそう、労基に相談したことで、わたしへの風当たりが強くなりましたので、暴言を録音し嫌がらせの詳細な記録をつけて、会社へはそちらの慰謝料も請求しましたわ」

「すご……」

「一度、物陰に連れ込まれて殴られましたが、そんなこともあろうかと用意していた機材で動画を撮りましたので、すぐに傷害の被害届を警察に出しました」

「殴られ慣れている！　悲しみの王妃！」

「土下座する専務の頭をぐりぐりと踏みつけさせていただきましたので、示談で済ませましたけどね。かなりの金額を上乗せさせましたわ。一連の流れで、最終的にこの金額を手に入れました。退職金も込みですわよ」

「うちの会社って、退職金制度がなかった気がするんだけど……なんじゃこりゃあっ！」

スマホのアプリで貯金残高を見せられて、ベッドにひっくり返った。わたしの年収（しかも税引き前！）の十年分以上だわ。

「すべてが終わってから、他の社員にも弁護士を紹介して差し上げましたわ。その結果として、会社は消滅いたしました」

「ベルフィーヌ王妃、さすがです」

「マイチューブでアカウントを作って、ブラック勤務の実態動画を流してひと稼ぎしようかと考えていたのですが、残念なことにその前に会社に降参されてしまいました」

「チューバーデビューまでするところだった！」

「まあ、世のため人のためになりますから、そのうち会社名は伏せて『朋香ちゃんのブラック勤務をゆるさんチャンネル』という感じでやろうと目論んでおりますけれどね」

「まだデビューする気満々とは……」

「おほほほほほ！」

ドアマット王妃から悪役令嬢にジョブチェンジしたのかな？

「で、仕事はどうするの？」

「再就職先は見つかっておりますわよ。余暇を使って、英語とドイツ語とフランス語はビジネスレベル、スペイン語と中国語とヒンドゥー語は日常会話レベルまでマスターしたので、外資系の会社にご縁がございましたの。ほほほ、朋香のパソコンスペックが役立ちますわね」

「ハイスペック過ぎて、ドン引きするレベルなんだけど！」

そうだった、ベルフィーヌは古代竜人語もわかるという語学の天才であった。

あと、『余暇』がゲシュタルト崩壊してる。

「それに、ふふふ、担当してくださった弁護士の方とはお付き合いを始めましたわ」

「ちゃっかり彼氏まで調達してたのかー」

リア充過ぎて言葉も出ないよ……。

「わたしの方はそんな感じで、問題なく暮らしておりますが……朋香はどうなりましたの？　そのドレス、飾りボタンは本物の宝石が付いていますわよね。こっちで売ったら

「……何百万に……」

「ひっ」

鋭い視線で値踏みされたわたしは恐怖の悲鳴をあげ、それから気を取り直してツェイザン国のヴォルレアス国王陛下と事実上の結婚をすることになった顚末を話した。

「まあ、驚きましたわ。竜王に見初められるとは、ずいぶんと見事に立ち回りましたわね！」

ベルフィーヌに拍手をされたわたしは「いいえ、わたしは何もしていないのよ。気がついたらこんなことになっていたの。ベルフィーヌが可愛い顔をしていたからじゃないかな」と応えた。

「外見……だけではないと思いますわよ」

「じゃあ、運命かな。ヴォルレアスとわたしは『番い』というものだったみたいだから」

「竜人の番いについては、わたしにも知識がありますわ。でも、強烈な一目惚れに近いものではなかったかしら？　わたしの外見で一目惚れをしたとは思えないから、陛下を引きつけたとしたら、朋香の持つ何かだったと思いますのよ。おそらくわたしだったら、陛下の寵愛を受けるようにはならなかったでしょうね」

「そうかなあ」

「監禁されて、また酷い目に遭っていたかもしれないわ。となると、わたしにとっても朋香にとっても、この入れ替わりは利点ばかりですわね」

「うん」

久しぶりのポテチをバリバリと嚙み砕きながら、わたしはコーラを片手に頷いた。

「そうですわ、朋香がいつまでここにいられるのかわからないから、これからの予定をお話ししておきますわね」

炭酸のせいで湧き上がるげっぷをこらえていると、ベルフィーヌが真面目な顔で言った。

コーラが美味しすぎて辛い。向こうで再現できないかな。

……ベルフィーヌの目がすっと細まったから、今はその話はやめておこう。

「わたしは『虐げられた王妃と偽りの輝き』をすべて読みました」

ベルフィーヌがドアマットヒロインを務めていたネット連載小説。素人が書いたその作品を、主役が読んだわけだ。

「おお、そうなのね。どうだった?」

「不気味なくらいに的確な表現がされていましたわ。読んでいて、朋香がイライラしたわけがわかりましたもの」

「でしょでしょー、ベルフィーヌよ立ち上がれ！　って檄を飛ばしたくなるでしょ」と応えると、わたしの顔をしたベルフィーヌが「朋香にだけは言われたくなくてよ」と顔を顰めた。

「この話がどうやって書かれたのか。まずは、わたしの生活を俯瞰して観察した結果を物語として表した可能性があると考えました。けれども、小説の一部は本人でないとわからないことを、つまり、わたしが他人には隠していた心情まで表現していたのですわ」

それは……嫌だよね。

「ということで、作者は異世界に暮らす人の心を読む能力を持っていた、もしくは世界を覗き見していたのではなくて、世界全体を創造していたと推測されました。この世界には魔法はないし、どのような手段で行ったのかはわかりません。いえ、たとえ大魔法使いのオズワルド様であっても困難だと思います。むしろこれは、神の御技と言っていいことですわ」

「うわー……まさか、神様がネットを使って世界を作り、発信したってことなの？」

「小説を拝見した感想なのですが、正直に申し上げて、偉大なる神が書いたにしては稚拙だと思いました」

「確かにそうかも。ベルフィーヌ、大丈夫？」

「ええ。なんだか自分の存在がおぼつかなくなって、気分が少々優れませんわ」

わたしの背中にも悪寒が走った。

どこかにベルフィーヌの住む世界が元々存在していた、という可能性は僅からしい。見知らぬ誰か、しかも一般人に人生を作られていたとしたらと思うと、とても気持ちが悪いだろう。そして今、わたしがその世界に属しているのだ。

「……そうだ、話の続きは書かれてた？　わたしたちが入れ替わった時は、更新がストップしちゃってたんだけど」

　わたしが読んだのは、ヴォルレアス国王陛下がエメランダル国の王宮に攻め込んで来たシーンまでなのだ。ヴォルレアスとわたしのことも、作者による創作なのだろうか。わたしの決定したことは、わたしの意思によるものだと思っているんだけど、それが誰かの手によって作られたものだとしたら……ううう、気持ち悪い！

「小説の更新はまだ止まっています。つまり、朋香の動きは小説として書かれていません。ネットで発表されていないだけかもしれませんが。もしもこれから続きが書かれた場合、幸せになるストーリーならば問題はありませんが、そうでない可能性もありますわよね」

「つまり、不幸になる話を作者に書かれた場合、わたしも不幸になるということだね」

「『わたしたち』が不幸になるのですよ。この入れ替わりがいつまで続くのかもわかりませんし。朋香は日本で暮らしていた人間なのだから、朋香を巻き込んだこの入れ替わりは作者の創作だとは思えないのですが、万一のことがあります。ですから、作者の特定を急ごうと思います。すでにそのような調査が得意な探偵事務所に依頼をしてありますわ」

　さすがは仕事が速いベルフィーヌさんである。

「可能ならば、作者にこれ以上この続きを書かないようにと交渉をしたいと思いますの。今後、朋香とこうして会えるかどうかわからないので、この案件はわたしにお任せくださってもよろしくて？」

「もちろんだよ！　お願いね、ベルフィーヌ……あっ、玄関の扉が木になったよ」

「戻る時間が来ましたのね。朋香、お互いにがんばって、幸せな人生を歩みましょう」

「うん」

わたしたちは抱き合って別れを告げた。

「また会えることを祈ろうね」

「ええ、ごきげんよう」

扉をくぐると王宮の部屋だった。振り返り、もう一度扉を開けても、アパートには戻れない。

部屋の時計を見ると、ほとんど針が動いていなかった。日本とこちらでは時間の進み方に差があるのだろうか。

「わたしとベルフィーヌが元に戻るなんてことは……ないことを祈るしかないか。神様、お願いします。このまま何事もなく過ぎますように」

日本にいた時、何度も神様に頼んだけれど願いが叶うことはなかった。でも、この世界の神様なら祈りが届くかもしれない。

「それにしても、ベルフィーヌのこの身体の回復が速いこと。やたら頑丈らしい竜人には劣るけど、お昼まで寝ていただけで、お輿入れだの初えっちだのの疲れがすっかり取れちゃうなんて……若さのせいなのかなあ」

ほっそりした身体つきのベルフィーヌは、本当に骨と皮になってもエメランダル国の仕事をこなしていたんだよね。日本だったら入院して点滴を受けていてもおかしくないくらいに衰弱していたのに……。もしかすると、ベルフィーヌの種族はただの人間ではない、とか？

「マーシャみたいに、竜人の血が入って……いやいや、それならお胸がもっとボリュームアップしてるはずだ、くそう！」

ぼん、きゅっ、ぼん、とは遙か遠すぎるんだ！

「ベルフィーヌのお父さんは……うん、普通に体格がいい男性だな。じゃあ、お母さんは……華奢（きゃしゃ）な人だった。ってことは、お母さんの血筋なのかな」

わたしはアクセサリーケースの中から母親の形見のペンダントを取り出した。楕円（だえん）形の金のペンダントで、五つの花弁を持つ小花と大きな葉、そして背後に羽根のような模様が彫られている。

「お母さん……お母様の生家の家紋なのかしらね。調べてみたいわ。ツェイザン国の蔵書に家紋についての資料があるかな。あとで貸してもらおうっと」

素朴なペンダントを大切にしまい、わたしはソファーに腰かけた。

「原因はなんであれ、この世界は確かに存在しているし、わたしは今、幸せだわ。見知らぬ作者さん、この世界を作ってくれてありがとう。ヴォルレアスを存在させてくれてありがとう。とても感謝しています」

わたしは『虐げられた王妃と偽りの輝き』を書いてくれた人に感謝の祈りを捧げた。その人物がいたから、わたしはヴォルレアスと出逢い、これから共に生きていくことができるのだ。家族の縁が薄い内海朋香に、愛情と温かさを教えてくれた大切な人。

　そして、わたしのことを気にかけてくれるマーシャも、オズワルド様も、ハイム閣下も、ジューリヒ先輩も、みんなみんな大切だ。優しくしてくれるすべての人をわたしに引き合わせてくれたのは、作者さんなのだ。

「ありがとう、作者さん。ベルフィーヌもわたしも元気になれたのは、作者さんのおかげですよー」

　そんなわたしの祈りが、まさかの本人のところに届いていたことを、その時のわたしは知る由もなかった。

第五章　俺様竜王の恋愛事情

午後の執務室で、ヴォルレアスは黙々と書類を捌いていた。朝食を食べてからかなりの量を片付けた筈なのだが、時折やってくる文官が宰相に書類の山を渡し、それをチェックした宰相が遠慮なく机の上に置いていくので、国王は『おのれ、無限に湧き出る書類め……魔物なら叩き斬れば済むから楽なのに……』と肩を落とした。

「ふむ……なあ、イカロス・ゴーメよ。昼食もまだであるし、そろそろ休憩にして我が妃に会いに行っても……」

「よくありませんね、これだけ仕事が山積みなんです。今夜はベルフィーヌ様をエスコートするのですから、一緒にいられますよ。男性は女性と違って食事も取れますのでご安心を」

どうやら宰相は、昼食抜きで働かせるつもりらしい。ヴォルレアスは内心で『飯くらい食わせろ』と思いながら、なんとかベルフィーヌとの癒しタイムを作ろうと抗議する。

「だが夜会では、ふたりきりにはなれ……」

「ならなくてよろしい」

からなのだ。

「ぐぅっ、よろしくないぞ」

「仕事を溜めたツケが回ってきたのですよ。あれほど注意したのに……」

ヴォルレアスが仕事よりも夫婦の閨事に関する勉強を優先したことを、イカロス・ゴーメは快く思っていなかった。番いと仲良くするのは良いことだが、まずは義務を果たしてからなのだ。

「エメランダルとの戦争の後始末は、ベルフィーヌ様の素晴らしい手腕で予想以上に速く目処がつきました。しかし、それを台無しにしたのが陛下の『お勉強』でしたよね」

「いや、しかし、夫婦の和合は大切なものであると」

「まだ結婚式の前ですよね？　急ぐ必要はございませんでした。到着するなり童貞のがっつきに付き合わされたベルフィーヌ様がお気の毒です」

「ぐぅぅっ、なんたる酷い言い草！」

「ほら、手、止まってますよ」

「……」

ヴォルレアスは、発する言葉をすべて跳ね除けられて、口をムッと引き結んだ。

この国で彼に対して物怖じをしない者は数人存在するのだが、宰相のイカロス・ゴーメもそのうちのひとりだ。茶色の髪に鳶色の瞳を持つ、一見優しそうなイカロスであるが、柔らかな笑顔で仏頂面の国王のお尻を叩いて働かせる強者なのである。

「聡明で愛らしく、この上なく優れた能力をお持ちのお妃様をお迎えになれるのですから、その夫にふさわしい、賢妃に釣り合うような実力を発揮しなければなりません。はい、こちらも目を通して署名をお願いしますね」

「書類のお代わりが過ぎるのだが！　しかし、我が愛しき妃のベルフィーヌがカワイイだけではなく賢いことを、なぜそなたは知っておるのだ？」

「色狂いの馬鹿王と散財グセのある底意地の悪い愛人に虐げられながらも、エメランダル国を沈ませなかった優秀な王妃ですよ？　あの方がとびきり優れた能力をお持ちであることを知らない文官はおりません。ダレン・ジューリヒが褒めたというのも大きいですが。

陛下、こっちを見ないで書類見て！」

「話をしているのに書類を」

「書類を読みながら雑談するくらいはできるようになってください」

「そんな腕は磨きたくない……」

しょんぼりしながら署名する。

「なあ、昼食はまだなのか？　腹が減って……」

「はい、どうぞ」

机の上にことんと置かれたのは、軍が使う固形食であった。栄養はあるのだが口触りがもそもそしているし、味の方も甘みと塩辛さがえもいわれぬハーモニーを醸し出す。

「いや、これは」

「口に入れて」

ヴォルレアスは悲しい瞳をしながら固形食をかじり、もっそもっそと噛み締めた。宰相がカップに入った水を「こぼさないでくださいい」と渡してきたので、それでもそもそを流し込む。

「偉大なるツェイザンの、その国王の食事がこれとはいかがなものかと思うぞ」

「ここは戦場ですから仕方がありませんね」

いい笑顔で返されたヴォルレアスは「いや、本当に不味いのだが」と少し涙ぐみながら署名を続ける。

「うちのカワイイ嫁と一緒に美味しい食事を取りたい」

「仕事が終わりましたらどうぞ」

「早くベルフィーヌに会いたい。ベルフィーヌは本当にカワイイのだ、世界一カワイイ。立っても座ってもカワイイし、笑うとカワイイし、すねてもぷんと怒ってもカワイイ。この世にベルフィーヌよりもカワイイ存在がいるだろうか、いやいない」

「は？　何をおっしゃいますやら？」

超高速で書類に目を通しながら、イカロス・ゴーメは言った。

「カワイイさならばうちの嫁が最高ですが何か？」

「いや、うちの嫁が一番だ」

「うちの嫁です」

「ベルフィーヌはピチピチの二十一歳なのだぞ」

「は？　何をおっしゃいますやら？　うちの嫁はピチピチの三十五歳ですが最高にカワイイですね、異論は許しません」

「いや、どうみてもそれには無理が……」

「三十五歳のピチピチに何か問題でも？　陛下はうちの嫁がピチピチでないとおっしゃるのですか？」

「……ううむ」

「なんなら、今ここにうちの嫁を呼びましょうか？　ピチピチではないと、面と向かっておっしゃってみますか？」

「それは駄目だ！」

　ヴォルレアスは顔を引き攣らせた。イカロス・ゴーメ四十歳の妻エミリア・ゴーメ三十五歳は大変賢く、この国の軍部の要となっている。もちろん、腕もたつ。得意な武器は戦斧だ。国王といえど、うっかり喧嘩を売っていい人物ではない。

「陛下。古来より『嫁自慢は血の雨を降らす』と言われています。番いにとって、自分の嫁ほどカワイイ存在はないのですから、これ以上の論争は無意味です」

「まあ、そういうことだな」

「手、動かして」

「うむ」

　文武両道の、全国民から尊敬されるイケメン国王は、その華々しい評判の陰で、毎日地道な執務をこなしているのであった。

「正式に結婚したら、ベルフィーヌ様にも少しお手伝いいただきましょう。神業とも呼ばれた執務能力を、是非ともこのツェイザン国でも生かしていただきたいものです」

「いや、ベルフィーヌには仕事をさせるつもりはないぞ？　新たな離宮を建てて、そこでゆっくりと過ごさせてやりたい。今までが忙し過ぎる日々だったから……」

「陛下はわかっていらっしゃいませんね」

イカロス・ゴーメが呆れたようにため息をついたので、ヴォルレアスはあからさまにムッとした。

「わかっているぞ！　わたしは妃を幸せにしてやりたいのだ！」

「離宮に閉じ込めて、誰にも会わせずに囲ってしまおうとか考えていませんか？　まったく、そんなことをしたらベルフィーヌ様に嫌われますよ」

「なんだと？　聞き捨てならんぞ」

ヴォルレアスの背後にゴゴゴゴゴと怪しい炎が巻き起こるが、宰相はさらっとスルーした。

「勤勉で仕事にやり甲斐を感じているご婦人を軟禁した勘違い男なぞ、誰が好きになるとお思いですか？」

「いや、しかし」

「ベルフィーヌ様がそうおっしゃったのですか？　何もしないでのんびり過ごしたいと」

「いや、そうは言っていない。……手伝えることがあれば、声をかけろと言っていたような気がするが」

「王妃としての政務をやる気満々なのでございましょう。さすがはベルフィーヌ様です」

「だがな、あの女性は、今まで大変な苦労を……」

「陛下。わたしの愛する妻であるエミリアに、仕事を辞めて引きこもれと言えますか？」

「そんなことを言ったら、斧で頭をかち割られるわ！」

「そういうことですよ。手、動かして」

「うむ……そうなのか？」

「ベルフィーヌ様の才能を認め、適切な仕事をお任せすることをお勧めいたします。番いに嫌われたくなければ……でございますが」

ヴォルレアスは一瞬凍りつき、それからせっせと手を動かした。

「今日からわたしは……執務の鬼になる！」

「普通にこなしてください」

「ぐうっ」

大魔法使いオズワルドと並んで、国王の扱いが上手い宰相、イカロス・ゴーメ。近い将来に意気投合する彼とベルフィーヌ、そしてそれにやきもちを焼くヴォルレアスの姿が見られることになるだろう。

第六章　悪しき女

この世界を左右する作者の事が気にかかるけれど、今のわたしには何もできない。そちらはしっかり者のベルフィーヌにお任せして、この世界でやるべき事をやるだけだ。

それにしても、彼女は賢い令嬢だとは思っていたけれど、テクノロジーに慣れる速度が恐ろしすぎる。特にパソコン関係にはとても興味があるらしく、言語系をマスターしたら情報系の資格を片っ端から取っていきそうな勢いだ。外資系に転職するって言ってたし、将来は日本を飛び出して大活躍するんじゃないかな。

さて、本日の夜会はこの国の重鎮達との顔合わせも兼ねている。宰相のイカロス・ゴーメ閣下は小説に出てこなかったけど、陛下の話を聞いていると悪い人ではなさそうだ。四十歳くらいの方なので、おじ様受けの良いベルフィーヌなら上手くやれそうである。文官受けもいいしね！

一番の大物であるヴォルレアス国王陛下と大魔法使いのオズワルド様が全力でバックアップしてくれるらしいから、上級貴族への挨拶は心配なさそうだ。とりあえず、ベールをかぶって座っていればいいと言われている。

そんなことを思いながらしばらくぼんやりしていると、マーシャがやって来た。

「軽食の準備ができました。こちらで召し上がりますか？」

「そうね、ここで摘まもうかしら」

コルセットで締めるようなデザインのドレスではないけれど、おなかがぽっこりしたらカッコ悪いのでそれほど食べられない。夜会の途中は飲み物を口にするしかできないから、淑女は大変なのだ。

……おなかが空くのは辛いわ。

栄養失調だったベルフィーヌの記憶と、ネグレクト気味だったせいで食事を与えられないこともあった内海朋香の記憶が囁く。

おなかが空くと、寒くて、痛くて、苦しくて、寂しくなるから……。

わたしがしょんぼりしているのに気づいたのか、マーシャが言った。

「ベルフィーヌ様、国王陛下の指示でドレスにはゆとりを持たせてございます。夜会の途中でもなるべく食事を召し上がれるようにと、席を用意してあるそうですわ」

「あら、それは嬉しいわね」

長いこと飢餓状態を強いられていたせいで、この身体には食事を抜くことに対する恐怖心が染みついているのだ。ヴォルレアス国王陛下もオズワルド様も出会った頃のわたしの哀れな姿にはかなりの衝撃を受けていたらしくて、体重を減らすことをとても恐れている。オズワルド様から、この国に来てからもやたらとお菓子が届くのもそのためらしい。

親切なイケメンである。そんな彼はマーシャからの評価も高いので、もしかしてカップルにならないかな、なんて密かに思うわたしであった。

ヴォルレアス国王陛下の、顔を合わせるなり淑女の顔をガシッと掴む『顔ガシ』という失礼な行為も、わたしの肉づきを確かめるためなのだと本人が大真面目な顔で言っていた。だから、方法を選べと。家畜じゃないんだからね。

乙女的には許せない行為だけど、確かめずにいられないほどわたしのことが心配だったのなら仕方がないか……なんて思ってしまうのは甘いかな？

生クリームがふんだんに使われたカボチャのポタージュスープを飲み、ハムときゅうりが挟まったひと口サイズのサンドイッチとお肉のテリーヌ、干したりんごと葡萄と粉にしたアーモンドを焼き込んだ小さなケーキを食べ、カロリーを補給する。長い時間食事が不足していたベルフィーヌの身体は、一度にたくさんの食べ物を受け付けないので、おやつに食べる甘いバターケーキが欠かせない。

ダイエットに苦労する日本の女性達が聞いたら怒られそうな話だが、太るのにも努力が必要なのである。

食事を終えると、お風呂に入って軽く全身をマッサージされ、温かいタオルで余分な香油を拭き取ったらいよいよ美しいドレスに身を包む。

「まあ、なんて素晴らしいのでしょう！　愛らしいのに大人っぽくて、上品ですわ」

「本当に……ベルフィーヌ様の可憐な魅力が引き出されて、このまま姿絵にして飾りたいくらいでございます」

ツェイザン国の侍女達に絶賛されたのは、桜色のスレンダーなラインのドレスだ。シンプルなシルクのドレスの裾には、光を受けて煌めく銀の刺繍があしらわれていて、使っている布地が少ないにも関わらず豪奢な仕上がりになっている。その上からビーズが輝くボレロを羽織ると、とてもバランスがいい。

「このお姿を絵に……それはいい考えでございますわ」

マーシャが「この国の高名な絵師の手配をいたしましょう」と真顔で呟いた。

たぶんツェイザン式の冗談だから、さらっと流そうよ。

わたしは見事に編まれたボレロに触れながら「これはとても美しい作品だわね」と感嘆した。白く光沢のある絹糸で、機械の力を借りずにここまで整った目で編むとは、とんでもない技術である。小花の模様とビーズが全体にあしらわれていて、もはや芸術と言ってもいい程だ。

「ツェイザン国には、丁寧な手仕事をされる職人がいらっしゃるのね」

鏡の中には、最近艶を取り戻した髪を結いあげた、ほっそりとした淑女が映っている。

ベルフィーヌの外見は、顔立ちも西欧とアジアの中間くらいの彫りの深さで、派手さはないけれど可愛らしいのだ。ベルフィーヌには、ごてごてしたドレスよりも、上質な生地と丁寧な縫製で計算されたドレープを作り出す、そんなドレスがお似合いなのだ。身体のラインに沿っていて、無理な締め付けもないので着ていて快適である。

まあ、わたしの場合はいくらコルセットで締めても凹凸ができないし……。

「そうだわ。もしかして、今夜はダンスをしなければならないの？」

「ファーストダンスを踊られるかと思います」

「どうしましょう、最近ダンスを踊っていないから、ステップを忘れてしまったわ。陛下の足を踏んでしまったら困るわ」

「それはむしろご褒美なのでは」

「え？」

「いえ、ご心配ならば軽く復習をなさいますか？」

マーシャは居間の少し広くなっている場所にわたしをエスコートすると、男性役を引き受けてくれた。彼女の足を踏むわけにはいかないので、まずはゆっくりと基本のステップをおさらいして、それから組んでダンスを踊る。わたしには社交ダンスの経験はないけれど、ベルフィーヌの身体にはマナーと共にダンスの経験が染み付いているから、予想以上に上手に踊れてほっとする。

「よかったわ。これならなんとかなりそうね」

侍女達に「踊るお姿も愛らしいですわ」などと手放しで褒められていると、夜会の会場の近くで待ち合わせる予定だったヴォルレアス国王陛下がやってきた。

「ベルフィーヌ、支度は終わったか？　おお、なんて美しい！」

「ありがとうございます、陛下もとても、きゃっ」

突然抱き上げられて悲鳴をあげる。

「何をなさいますの！」

「こんなに可愛い姿を他の男に見せるわけにはいかん。よし、王妃の席の前に衝立を設置するのだ」

「しなくてよろしい。陛下、お披露目の意味をわかっていらっしゃいますか？」

ヴォルレアス国王陛下の後ろから、落ち着いた声がした。

「イカロス・ゴーメ！　わたしのカワイイ嫁を見てはならぬぞ！」

「陛下が夜会の前にわたしを紹介したいと、わざわざ連れてきたのですよね？　頭の中が沸いてしまったのですか、そうですか。ベルフィーヌ様、宰相のイカロス・ゴーメと申します。山積みの仕事があるにも関わらず、是非とも目通りをさせたいと陛下に引っ張られてやってきた、イカロス・ゴーメでございます。雄々しき竜王と名高いが実は書類仕事に関しては見事なるぽんこつのヴォルレアス国王陛下のお守りをして、執務に支障がないように日夜奮闘しておりますイカロス・ゴーメでございます」

「ゴーメ閣下……ご苦労をお察しいたしますわ」

わたしはお気の毒なおじ様を労った。

やっぱりぽんこつだったのですね。うちの子が、本当にすみません。

せっかく迎えにきてくれたというので、ヴォルレアス国王陛下とわたしは時間までリビングで座って過ごすことになった。

「こちらがこの国の主要な貴族とその領地、及び力関係の略図でございます」

夜会の資料を持ってきてわたしに説明をしてくれるのは、頼りになりそうな宰相のイカロス・ゴーメ閣下だ。陛下が不満そうな顔をしたけれど「ベルフィーヌ様が困らないように、準備が必要でしょう。というか、どうして何も情報を渡さないで夜会に出そうとするんですかね。陛下はもう少し物事の段取りをお考えになってください」と叱られておとなしくなった。

宰相のおじさん、優しそうな顔をして強い。

「この資料は、とてもわかりやすくまとめてありますね、ゴーメ閣下」

「畏れ入ります。ベルフィーヌ様にお褒めいただきたいそう嬉しゅうございます」

宰相閣下は、わたしのことを随分と買っていらっしゃるご様子だ。

「遠方に領地を持つ貴族のために、ひと月前に夜会の案内を出しておりましたので、ほとんどの者が自領より駆けつけて出席します」

「まあ。軽い顔合わせだとお聞きしているのですが？」

「国王陛下がご婚約されるということで、この国の勢力地図が書き変わってしまいますからね。自分の娘が王妃となる未来を失った貴族ならば尚更のこと、ベルフィーヌ様に少しでも存在を認識していただき、有利な立場になろうと画策しています。とはいえ、ヴォルレアス国王陛下に面と向かって逆らう者などおりませんので、その辺りはご安心ください。ベルフィーヌ様の身に危険が迫るような事はないと思われますが、女騎士達から王妃付きの護衛も選定しておりますので、夜会の際にもお側でお守りいたします」

「お気遣いをありがとうございます」

どこの国でも、裏では貴族達の勢力争いが行われているものだ。野心や不平不満を持つ彼らを束ねて上手く使い、国力が落ちないように調整するのも国王の仕事なのである。が、うちの国王様は「逆らう者がいたら、首をはねるまでだ」と仏頂面で恐ろしい事を言っている。

首を斬れば解決するわけでもない。優れた人材を斬り捨てずに有効活用するのが、国の繁栄には必要不可欠な事なのである。それを根底から間違えてしまったのが、エメランダル国の元国王ディアンであった。彼はあの国の王太子として幼少の頃から教育を受けていて、飛び切り優秀というわけではなかったが、見切りをつけられる程駄目な人物ではなかった。

学園に入るまでは。

そう、なぜか学園に入って寮生活をしているうちに、おかしな感じになってしまったのだ。

もしや小説を盛り上げるための設定だったのか。それとも、ミザリーに恋をしたのが良くなかったのだろうか。わたしの中のベルフィーヌの記憶には、無邪気に笑う幼いディアンの姿もあって、胸がちくりと痛む。

「平民達は手放しでベルフィーヌを歓迎しているが、貴族には面倒な者もいる。だが、我が妃を軽んじるような者はこのわたしが許さぬ」

　そんな陛下にゴーメ閣下が釘を刺す。

「面倒だからと言って、やたらと首をはねないでくださいね。いろいろと後始末が大変なのですから。何かありましたら、勝手に動かずに、わたしかオズワルド様に言ってください。ベルフィーヌ様も、気がかりなことがございましたら決して我慢などなさらずに、些細なことでもわたしにお知らせくださいませ」

「わかりました。大変心強いですわ。このご恩にどうやって報いれば良いのでしょうか」

「そんな、ベルフィーヌ様が嫁いでいらっしゃるだけで充分でございます。これほど有り難き事はございませんよ。あとは、陛下の執務の方を少々……」

「イカロス・ゴーメ！」

「陛下、執務室に王妃陛下専用の可愛らしい机と椅子が置いてあったら、仕事が捗ると思いませんか？」

「それは思う。が、ベルフィーヌは今まで働き詰めだったのだ。こき使う事はまかりならんぞ」

「まあ、ヴォルレアス！　優しいのね、ありがとう。あなたと一緒のお部屋でお仕事ができたら、きっと楽しいでしょうね」

「……そなたは、本当に良くできた妃であるな」

ヴォルレアス国王陛下は目を逸らしながら言ったが、耳が赤くなっていた。

そろそろ時間だという事で、わたしは陛下にエスコートされながら私室のある離宮を出て、用意された馬車に乗った。付き従うのは、騎士服を凛々しく着こなした女性の護衛達だ。

竜人の女性は背が高くて、皆百七十五センチくらいありそうだが、中には百五十五センチほどのわたしよりもやや高めくらいの騎士もいる。オズワルド様がエルフの血を引いているように、ツェイザン国には様々な種族の混血である国民もいるのだ。もちろん、人族と呼ばれる人間と結婚している人もいる。巨人族の血が混じった人は、身長が二メートルを超えるので、家も家具も特注らしい。

この世界の定義では、夜会とは主に食事や会話を目的とした夜の会で、ダンスが目的である舞踏会とは趣が違う。開会の合図と共に、夜会の開催者（今夜はわたしのお披露目なので、ヴォルレアス国王陛下とわたしである）のファーストダンスはあるものの、音楽を奏でる楽隊の規模は舞踏会より小さく、音量も会話の邪魔にならないレベルになる。

「ツェイザン国王ヴォルレアス陛下、エメランダル国王妃ベルフィーヌ陛下のご入場！」

ディアンが死亡したのでわたしは未亡人なのだが、正式にヴォルレアス国王陛下と結婚するまでは王妃としてエメランダル国の頂点に立っている。ちなみに結婚してもわたしがエメランダル国を治めることになっている。わたしの代官がダレン・ジューリヒ先輩なのだ。

頭にティアラを載せ、ベールをかぶったわたしは、王族専用の入り口から入場して玉座が並んだ高い位置の方へと進む。薄いベールではあるものの少し前方が見えにくいので、陛下は気を遣ってゆっくりと進んでくれた。その間、人々は頭を深くさげている。

ふと、鋭い視線を感じた。悪意の針が首に突き立ったような気がした。

この感覚には覚えがある……。

ヴォルレアス国王陛下の手にのせた指に力が入ったのか、彼はちらっとわたしを見た。

わたしは僅かに首を振る。

「大丈夫ですわ」

小さく囁いて、そのまま足を進めると王妃の玉座に腰をかけた。

会場のざわめきが落ち着いたのを待って、係の者の合図で演奏が開始される。会場の中央が空けられて、わたしたちのファーストダンスが始まった。会場の注目を集めながら、わたしはヴォルレアス国王陛下と共に開けた空間に進む。多くの人目に晒される経験などなかったわたしだが、そこはベルフィーヌの身体に染み込んだ王妃教育の成果にお任せだ。この王妃はハイスペックなので、いつも助かっている。内海朋香の能力だけだったら、とてもじゃないけれど一国の王妃なんてやっていられない。

異世界転移ものの小説はけっこう読んだけれど、実際に体験してみると『これは素人には無理だよね』ってことが多い。淑女としてのマナーもそうだけど、ダンスだって未経験者が少々練習したところで簡単に踊れるものではないのだ。

「陛下、足を踏んだらごめんなさいね」

緊張しながらステップを踏みはじめたところで、あらかじめ謝っておく。

「なんなら、そなたを両足の甲に乗せたまま踊ることも可能だが？」

真面目な顔でそんな冗談を言うものだから、想像したわたしは噴き出してしまった。陛下のこんな一面を知っているのは、オズワルド様やゴーメ閣下といった限られた者だけだろう。わたしも竜王としての外面にすっかり騙されていた。まあ、国王という地位に着いて国を率いるからには、過剰な威厳やカリスマ性も必要なのだろう。

「わたしに身体を預けていれば良い」

腰を引き寄せられ、下半身が密着する。

「ち、近いですわ」

「何を今さら」

布地越しに彼の熱が伝わってくる。社交ダンスがこんなにえっちな感じの踊りだなんて実際に男性と踊ってみるまで気づかなかった。

「カワイイわたしのベルフィーヌ、ふたりきりの部屋でそなたを早く抱きしめたい」

「今はそういうことを言わないでください」

ヴォルレアス国王陛下が耳元で「何を期待しているのだ、別にいやらしい意味ではないぞ？」と囁いたので、一瞬両足で踏んづけてやろうかと思った。そんな小競り合いをするわたしたちは、側から見たら仲良しカップルに見えたらしく、ダンスが終わると同時に「素晴らしい！」「とても息の合ったダンスでした」と拍手喝采で称賛された。

　ダンスが終わったのでそのまま壇上の玉座の前まで進むと、陛下が人々に宣言した。

「わたしはエメランダル国のベルフィーヌを我が妃として迎える事を決めた。今後は妃と力を合わせツェイザン国とエメランダル国の両国を発展させ、臣民たちがより豊かに暮らしていけるよう心を砕き、皆を導いていく所存である！」

　ヴォルレアス国王陛下がわたしのベールをめくったので、わたしが打ち合わせした通りにその場で淑女の礼(カーテシー)をすると、大勢の人々が一斉に頭を下げた。

　この国で二番目に身分の高い王妃となる者は、一生に一度だけ自分から頭を下げる。これはツェイザン国の臣民を大切に思い、その身を国の為に尽くすという誓いなのだそうだ。そして、それへの返礼で、わたしはこの国の人々に王妃になることを受け入れられたことになる。

　今夜の儀式的なことはこれで終了だ。わたしはベールを元通りにかぶると、ヴォルレアス国王陛下の隣に座って身分の順に挨拶に来る人達の口上を聞いた。けっこう長いなと思っていたら、途中で休憩を入れてくれたので助かった。用意された部屋に下がって食べ物を摘む。

「もう少しの辛抱だ。あとは下級貴族の代表者からの祝辞となる」

「そうですか」

長年虐められていたベルフィーヌは、他人の悪意には敏感らしい。上位貴族からの挨拶をされていた時に、何回か嫌な感覚があった。しかし、最初に感じた針が刺さるような嫌なものは感じなかった。あれを発していたのは、挨拶に来た者ではないのだろう。

となると、貴族家の奥方か子息、令嬢……といった辺りか。

誰かがわたしに強い敵意を抱いているなんて陛下に言ったら「探し出して首をはねる」なんてことになりかねない。誰がなぜわたしを憎むのかがはっきりしてから、どうするかを考えようと思う。

気になることはあるものの、夜会は無事に終わり、それからしばらくは平穏な日々が続いた。このまま『そしてふたりは幸せに暮らしましたとさ』で終わるといいのだけれど……。

今、わたしの周りには、エメランダルから連れてきたマーシャと、ヴォルレアス国王陛下が用意してくれた令嬢が三名侍女として働いている。この三名は臨時の側仕えとして来てくれたのだが、皆さん良い方でこのまま正式に侍女として仕えたいと言ってくれている。王家と縁続きの公爵家の令嬢がふたりと宰相と縁続きの侯爵家の令嬢がひとりなので身元も確かだし、わたしの事情をマーシャが説明したらディアン達に憤慨してくれて、敗戦国の王妃でも偏見なく接してくれる。なので、ぜひこのまま侍女としていてもらいたいと陛下にお願いしてある。現在マーシャが筆頭に立ち、その下に三人の侍女がいるのだが、さらにその下にも数名侍女を集めたいということで、選定が進んでいると聞いた。

自室の机でジューリヒ先輩から送られてきた書類に目を通して署名し、それらを封筒に入れて封をした。ヴォルレアス国王陛下はあいかわらず忙しいし、エメランダル国に関しては今まで通りわたしが決定権を行使して良いということなので、陛下には書類を回さずにジューリヒ先輩に送ってもらう。

まあ、エメランダル国に常駐する代官のジューリヒ先輩はツェイザン国から派遣されているわけだから、ツェイザン国の利益を一番に考えるし、万一わたしの判断がツェイザン国の利益に反するようなら彼が阻止する事になる。

ヴォルレアス国王陛下はわたしにメロメロ（死語かな。でも、夜は本当にそんな感じなのだ）ではあるが、番いに溺れて国を傾けるような事はしない人物なのだ。

「陛下に報告をしてから、これを発送するわ」

わたしはマーシャと連れ立って、陛下の執務室に向かった。

「陛下のお仕事も、落ち着いてきたみたいね」

「そうでございますね。今は一番のお仕事が、結婚式の準備になりましたわ」

「一ヶ月後に行われるのよね。他国の賓客も多数参加してくださるから、とても大きな催し物となりそうだし」

「つい最近まで争っていた二国が並び立ってさらに力をつけるとなると、捨て置けませんものね。独立するふたつの国をツェイザン国の国王夫妻が治めるという異例の事態に、どの国も戸惑っておいでなのでしょう。外交が忙しくなりそうです」

やる事も、覚えなければならない事も多くて、ベッドで横になったらそのまま眠ってしまう事も多々あるけれど、ヴォルレアス国王陛下はわたしを労って休ませてくれる。結婚式の後に無理やり作り出した夫婦水入らずの三日間のお休みを楽しみに、わたし達は日々忙しく過ごしている。マーシャも巻き添えをくらって、最近は身の回りの世話といった侍女らしい仕事はツェイザンの三名にお任せして、わたしの秘書のような仕事をこなしてくれるのでとても助かっている。

「ベルフィーヌ様、エルザにも仕事を割り振りするのはいかがでしょうか？」

「エルザ・ノーイン侯爵令嬢に？」

「はい。侯爵家の四女で、かなり優秀な成績で学校を卒業したため、文官としてのスカウトもあったそうです。宰相のゴーメ閣下の推薦で侍女として仕えていますが、どうやらゆくゆくは執務の手伝いをさせるつもりだったみたいですわ」

さすがはゴーメ閣下、穏やかににこにこしているおじ様だけど、上手く采配なさっている。侯爵家の四女が王妃付きの文官になったら大出世の筈だ。

「そうして貰えると助かるわね。ゴーメ閣下に話をして、エルザが引き受けてくれるなら……あら、何の騒ぎかしら」

広い廊下の片隅で、妙齢のお嬢様が数名集まって、何やら不穏な雰囲気になっているのが目に入り、わたしは足を止めた。

「若い女性が、お忙しい陛下の執務室のお近くで何をしているのでしょうね。ベルフィーヌ様、こちらへ」

　マーシャは素早くわたしを物陰に隠した。そのまま息を潜めて様子を見る。

　三人の背が高い（と言っても竜人の平均くらいだが）女性が不快そうな表情をして、わたしと同じくらいに背の低い女性に「妙な言いがかりはおやめください」と言っている。

　背の低い、銀色の髪に緑色の瞳をしたほっそりした女性は「でも……やっぱり王妃様と同じ体格のわたしが侍女にふさわしいと思いませんか？」ともじもじしていた。

「わたしなら繊細なお世話ができますし、お似合いになる服を提案する事ができますわ」

「そんな事は体格と関係ございませんでしょう？」

「いいえ、別に、大きくて不恰好だなんて申し上げているわけではありませんの」

「あなた、言い方が失礼過ぎますわよ！」

「そうですわ！」

「そんな……わたし、そんなつもりでは……ただ、王妃様の身になってお仕えできると……」

　彼女は両手を握って口元に当て、ぐすぐすと泣き出した。

「魔物のような形相で、よってたかってか弱いわたしを虐めなくても……」

「はあ？　なんて下品で図々しい方なのかしら？」

「あなたのような方は、王妃陛下の侍女にはふさわしくございませんわよ」

女性達がキツめに応酬すると、銀髪の女性は高い声を張りあげて「酷いわ！　そんな意地悪をおっしゃってわたしを貶めようとなさるなんて！」と叫ぶように言った。

わたしは『うわー、気持ちが悪い女。ツェイザン国にもあんな人がいるんだねー』と思ってげんなりした。ミザリーのような振る舞いをする、ああいうタイプの女性は嫌いなのだ。

「何を騒いでいるのですか」

騒ぎが聞こえたのか、執務室からゴーメ閣下が現れた。執務室の近くで警備をしていたふたりの騎士も距離を詰めて来ている。非力なご令嬢達とはいえ、国王の近くで騒ぐような輩を放置してはおけないのだろう。

「イカロス、このまま休憩にしよう」

あ、書類仕事が大嫌いな陛下も宰相の後から顔を出した。

どうやら騒ぎに乗じてサボろうとしているご様子だ。仕方のない国王陛下である。

「それはなりません。陛下は部屋にお戻り……」

「まあ、国王陛下！　憧れの陛下のお顔を拝見できるなんて、今日はなんて素晴らしい日なのでしょう！　ご機嫌麗しゅう、どうぞよしなに」

宰相の声をかき消すようにして、小柄な銀髪の令嬢が両手を合わせて小首を傾げ、あざとさ大爆発な仕草でヴォルレアスに声をかけたので、わたしはムッとした。

「ベルフィーヌ様」

マーシャを見ると、変な虫でも見つけてしまったような嫌な顔をしている。

「ええ、捨ておけませんわ。参りましょう」

マーシャを従えて、わたしはヴォルレアス国王陛下の元へと足を進めた。あざと銀髪令嬢はこちらをチラリと見たけれど、そのまま目を逸らしてわたしを無視する事にしたようだ。未来の王妃を見なかった事にするとは、不届き千万な令嬢である。

「ヴォルレ……」

陛下に声をかけようとしたら、あざと令嬢が鼻にかかった甘え声で遮ってきた。

「陛下ぁ、わたしは王妃様付きの侍女になるために参りましたの。お声がけいただけて、とっても嬉しいですわ！」

いかにも『天真爛漫』なふりをしているのだろうけど、王妃の言葉にかぶせてくるとは失礼にも程がある。というか、貴族としてこの振る舞いはありえない。身分社会だから、上下の礼儀作法には厳しいし、社交界にデビューしている令嬢ならばしっかりと教育されているはずである。

どうしてこんなのが王宮に湧いているんだろう？

「それなのに、わたしがこの通り背が低くて華奢だからと言って、こちらの皆様から『侍女にふさわしくない』と意地悪を言われていたのでございます！」

被害者でございますという顔をしているけれど、それは違うよね。さっきの会話を聞いたから、あざと令嬢の方が勘違いした言いがかりをつけている事はわかっている。ご令嬢達は眉を吊り上げて抗議したそうな表情になったのだが、国王陛下から声をかけられていないのに話しかける事は大変失礼な振る舞いであるので、何も言えずに唇を噛んで頭を下げた。こちらの方々は礼儀作法がきちんと身についているようだ。

そして、我が夫は。

「ですから陛下……あっ」

あざと令嬢が何もないのに躓いて、陛下に向かって倒れかかった。

「ベルフィーヌ！」

わたしの姿を見た陛下の視界には、彼女の存在がまったく入っていなかった。

陛下は彼に抱き着こうとしたあざと令嬢を華麗にスルーしてわたしに駆け寄り「良いところへ参ったな。ちょうど休憩を入れようとしたところなのだ。さあ、共に茶でも飲もうではないか」とわたしの手を取った。

「あまり根を詰めて仕事をしてはいけないぞ」

「ほどほどにしておりますわ、ご心配ありがとうございます」

「うむ。軽く摘まむものと菓子を用意させよう。そなたはもっと食べなくてはならん」

スルーされたあざと令嬢はというと、悔しそうな顔をして「そんな……」と呟いてからわたしを睨み、そのままバランスを崩してわざとらしく廊下に転んだ。

「ああん、いったーい」

べそをかいてこっちを見る銀髪の女性をチラリと見て、陛下が冷たい目で言った。

「見苦しいものを王宮に入れたのは誰だ？　あの女は脚が弱いようだが、もしやイカロス・ゴーメが侍女候補として手配をしたのか？」

「左様でございます……いえ、覚えがございませんね？」

ゴーメ閣下は眉間に皺を寄せてあざと令嬢を観察している。

「侍女として役に立たないだろうから、あの女は下げろ」

「はい。品位にも欠けますし、侍女にふさわしくありませんね。それにしても、いったいどこから紛れ込んだのやら」

脚が弱い認定をされたあざと令嬢は、両手を胸の前で振りながら言った。

「ちっ、違います、わたし、脚が弱いわけではないんです！　少し、心が傷ついただけなんです」

心が傷つくと、イケメンに向かってこけるんですか？

そして彼女は壁で身体を支えながらふらふらと立ち上がる。「あっ」などと呟いてもう一度よろけようとした。今度は近くにいる騎士を狙ったようだが、彼女を警戒する騎士が剣に手をかけているのを見て、彼らに伸ばした手を引っ込める。

この令嬢はさっきから何がしたいのだろうか。空振っていることに気づいているのかいないのか、わたしたちの冷たい視線をものともせずにあざとさを貫いている。若い貴族のボンボンが集まる学院ならともかく、王宮内の執務室の近くという警戒された場所で、空気を無視した振る舞いをする女のあざとさに引っかかるような男性はいないだろうに……。

あざと令嬢は、口元にふたつのグーを添える妙なポーズをとりながら、震える声で言った。

「ひっ、酷いわ……一生懸命お仕えしようと決心したのに……わたしが細くてか弱いからって……ベルフィーヌ様だって、とても細くて小さいではないですか……」

えっ？　わたし？

何でそこでわたしの体型が出てくるのかしら。

うるうると瞳を潤ませて、縋るようにヴォルレアス国王陛下を見る銀髪の令嬢と、それを無表情のまま見下している陛下を見比べる。

あれと一緒にされたくないなあ。もしかして、か弱い系女子アピールをしているのかな？　カワイイタイプは竜人に人気があるんだっけ。

「我が妃の脚は弱くない」

陛下よ違う、そうじゃない。

「あの……陛下？」

何を勘違いしたのか、あざと令嬢はヴォルレアス国王陛下の方に数歩、近づいてきた。

「寄るな！」

騎士達が前に立ち塞がった。

「女、不敬であるぞ！」

「それ以上陛下に近づく事はならぬ！」

強面の騎士に警告されているというのに、令嬢はまったく怯まずに言った。

「わたしの名前はキャロリアンですわ。キャロリアン・リーザル男爵令嬢です！　『女』なんて呼ばないでくださいませ」

少女漫画のワンシーンのように、つん、と口を尖らせているが、この状況でその振る舞いをするとは、この令嬢は頭がおかしいのだろうか？

「仲の良い方には『キャル』と呼ばれていますの。陛下にもそう呼んでいただきたいですわ」

うふふっ、と首を傾げているけれど……本当に頭がどうにかなってしまったのだろうか。

その場が静まり返り、皆、このおかしな令嬢を警戒心いっぱいの目で見た。

「あ、あら？　皆様、どうしたのかしら？　あっ、キャルったら緊張しちゃって、初めてお会いする方達に変なお願いをしちゃったみたい、てへ」

て、てへ、ですって？

わたしはあまりの気色悪さに硬直した。

現実に『てへ』なんて言う人を初めて見たよ。しかも、国王陛下の御前だよ？

「でもね、キャルの、皆様と仲良くなりたいっていう気持ちは本物なので、わかってくださいね」

いや、わかりたくない。皆様じゃなくて、殿方限定で仲良くなりたいってことは、無茶苦茶伝わってきているしね。ああ、この気持ちの悪い感じには覚えがある。

「しかし、おかしな話ですね。わたしが侍女候補に選定したのは、侯爵家と伯爵家の令嬢に限定したのですが、なぜ男爵令嬢がやってきたのでしょう」

ゴーメ閣下がそう言うと、警備の騎士達は警戒を強め、いつでも抜けるように剣の柄を握った。

「陛下、聞いてもいいですか？」

わたしはヴォルレアス国王陛下の手を引いて少し離れると、耳元に囁いた。

「なんだ？」

「ミザリーは本当に死んだのですか？　あのキャルって人、行動や表情がミザリーにそっくりなんですけど」

「なんだと？」

陛下は目を細めて銀髪の令嬢を見た。

「ディアン前国王の愛人であるミザリーは、確かにわたしが首をはねたが」

「そうですか。ミザリーは金髪に青い瞳をしていたので、銀髪に緑の目の彼女とは外見が違います。ミザリーはもっと、その……凹凸がはっきりした体型でしたし。けれど、中身がそっくりなのですわ。まだ学生で、ディアンにベタベタしてきた頃のミザリーの振る舞い方や喋り方、あのべったりした気持ち悪い感じが、本当にそっくりで気になるの」

「……ミザリーは金髪だったのか？　わたしが首をはねたのは、ディアンと共にいた茶色の髪に茶色の目をした女であったが」

「えっ？」

「エメランダル国の者に首を見せたが、皆ミザリーだと断言したぞ。まさか、本物のミザリーを庇っていたというのか？」

「お待ちくださいませ。ディアン前国王を庇うのならともかく、愛人のミザリーをディアンも含めた皆が庇うなんていう事は考えられませんわ」

なにがどうなっているのかと、わたしたちは顔を見合わせた。

そんなわたしを、銀髪の令嬢は不愉快な目つきで見ている。針が刺さるような悪意のこもった視線は、夜会の時に感じたものであり、以前、エメランダル国でミザリーから向けられていたものだった。

「お前は何者だ」

陛下の問いに、令嬢はねっとりした笑みを彼に向けながら答えた。

「わたしは、ヴォルレアス国王陛下の本当の番いとなる者ですわ……ヴォルレアス国王陛下……どうか目を覚まして、キャルの手を取ってくださいませ……わたしが本当の……」

「陛下！　ご無事ですか」

廊下を駆けてきたのは、大魔法使いのオズワルド様だった。

「怪しい魔法の波動を感じました。王宮にはわたしが結界を張っていますから、発動はしませんけれどね」

「魔法の波動だと?」

「精神操作の魔法のようです。おやおや、魔女が紛れ込んでいましたか」

ヴォルレアス国王陛下は警備の騎士の腰にある剣を抜くと、キャルと名乗った令嬢に突きつけた。魔女と呼ばれた令嬢は、両手の指先で口元を押さえながら「まあ、酷いですわ!」と抗議したが、オズワルド様に「貴女の魔法は封じられています。何をしても無駄ですよ」と突き放されていた。さっきからのあざとい振る舞いに魔法が乗ると、男性達は魅了される……ということになるのだろうか。

「拘束して牢に入れろ。尋問の後にわたしが首をはねる」

さすがは恐ろしいと評判の竜王陛下、即断即決である。

「キャルは魔女なんかじゃありません!」

まだあざとい攻撃を諦めない令嬢が、両手を腰に当てて『プンプンなのよ』のポーズを取りながら言った。

「では何だ? 人心を惑わす悪質な魔法を使う、邪悪な魔女であろう」

「違います、妖精です。キャルは美しき妖精なのよ」

身体をくねくねさせているのは、陛下に対するアピールなのだろうか。自分で美しいとか言っちゃう辺りがいかにもミザリーである。

「そう、わたしはこの世界の頂点に君臨する偉大なる妖精の女王で……その女はわたしの糧となる存在ですわ」

なにその迷惑な設定。

「え、やだ」

即、お断りする。

彼女は光のない瞳でわたしを見て「ベルフィーヌはわたしの栄養源になるべくこの世界に生まれた餌。そして、その魂が傷つき苦しむ程、大きな力をわたしに与えるのよ」と笑った。

「エメランダル国ではいい感じに追い詰めてそろそろ収穫の時期だったのだけれど、あの愚かなディアンのせいで台無しになってしまったわ。場所を移して熟成させようとしたけれど、この国には強い魔法使いがいたのね、失敗しちゃった。でも、これで勝ったとは思わないことね」

彼女は鼻で笑った。

「あなたはやっぱりミザリーなのね。エメランダル国で首をはねられたのは誰なの？」

「あら、誰だったのかしら？　その辺にいた侍女に惑わしの魔法をかけて身代わりにしたから、名前も知らない娘よ」

彼女は無邪気に笑った。

「外見が違うのは？　それも魔法？」

「わたしはとても力ある素晴らしい存在だから、見た目なんていくらでも変えることができるの。ほら、こうするとお前の大好きなミザリーよ」

彼女の髪が金色になり、胸とおしりが膨らんだ。

「その男の好みの姿になって操ってやろうと思ったのに。さて、お喋りはこの辺でやめておくわ。ベルフィーヌ、お前はわたしに喰われる為に生まれた存在なの。もっと絞ってやりたかったけれど、仕方がないからそのままで構わないわ。おとなしくわたしの……」

「黙れ！」

ヴォルレアス国王陛下の持つ剣が閃き、ミザリーの首が落ちた。

「きゃあああーっ！」

他の令嬢達が悲鳴をあげた。

「おぞましき存在め。一瞬たりとも生きながらえさせるつもりはない」

陛下が騎士に剣を返すと、彼は一応恭しく受け取っていたが『変なものを斬ってしまったが、この剣は大丈夫なのかな』という気持ちのこもった目で刃を見た。

「まさか、血が付着していない、だと？」

騎士が呟き、首無し遺体の傍にしゃがみ込んで調べ始めた。

「どうした？」

もうひとりの騎士が尋ねる。

「脈がないからもう絶命している筈……いや、この女は元々心臓が鼓動していたのかどうかもわかりません」

「どいてくれ。念のために刺しておく」

剣を抜いた騎士は、ミザリーの身体を仰向けにすると心臓に剣を突き立てた。そしてさらに、ポケットから出した瓶を開けて、中に入っていた液体を全身にかけた。

「これは聖別された水なのです。浄化の力があるから、これで蘇ることはないでしょう」

「蘇る……あっ」

わたしは床に転がる銀髪令嬢の首の切り口を凝視した。太い動脈がある首を斬ると、そこから一気に血が噴き出すはずなのに、血が一滴も出ていない。

「妖精って、血がないの？　だいたい、生き物なの？」

「……その首を聖水に漬けろ」

陛下の言葉にもうひとりの騎士が生首に手を伸ばしたその時、女の首は宙に浮き上がった。

「ふふふ、そうはいかないわよ。愚かなる者達よ、多くの魂を贄にして生き続けたわたしは、決して滅することがないの。身体を失ってもすぐに復活するわ。そしてお前達をみんな喰ってやる」

「うわっ、喋る生首、キモ！」

思わず呟くと「キモくない！」と生首は傷ついた表情をしたが、「魂を寄越せ、生きながら喰い殺してやるわ」と歯を剝き出して笑いながらわたしの方に飛びかかってきた。

噛みつかれる！　と思った途端に陛下の手が伸び、生首の髪を鷲掴みにした。

「離せ！」

「醜い首め、カワイイ我が妃に近寄るな」

「早く離すのだ！　クソが！」

「お前を聖水に漬けてそのまま潰すまでは離さぬ」

「おのれェエエ」

お下品な口調になった生首は陛下に噛みつこうとしたが、毛束を握りしめたヴォルレアス国王陛下はそれを床に叩きつけて騎士から受け取った聖水をかけた。

「ベルフィーヌ様、危険ですのでこちらへ」

マーシャがわたしを後ろの方に連れて行き生首から隠してくれた。

「以前、悪しき妖精の話を聞いたことがありますわ。数は少ないけれど、長い間生き続けている種族がいるらしいのです。自己中心的な者達で、悪意でできているような種族とのことですのでお気をつけくださいませ」

「そうなのね」

わたしは床に何度も叩きつけられながら大暴れする生首を見た。

竜王様、清々しい程に容赦がない。

「ディアンやその周りにいた人達は、邪悪な妖精の魔法で洗脳されていたということかしら」

「そうでない者も多数おりましたので、元々の性格もあったのでしょう。けれど、ミザリーがいなければ、ディアン様もあれ程狂った振る舞いはしなかっただろうと思いますわ」

弱い人々は、心の黒い部分を増幅する魔法をかけられたのかもしれない。

「離せ……離せ……口惜しや……」

生首の声が弱々しくなってきた。

「だが、ベルフィーヌを幸せになどせんぞ、最後の力を振り絞って呪ってやる！　死ね、死ぬがよい！」

生首は真っ黒に変色すると、砂のようにぼろぼろと砕け落ちた。そして塊となり、ヴォルレアス国王陛下の手を逃れてわたしの方へと飛んでくる。

「きゃあっ」

「させぬ！」

立ちすくんだわたしは陛下に抱きしめられた。黒い塊は陛下の背中で受け止められた。

「ベルフィーヌ、大丈夫か？」

「はい、わたしは無事でございます。……陛下？」

『ノロッテヤルウウウウウ』

きしんだ蝶番（ちょうつがい）のような声がし、ヴォルレアス国王陛下はその場に崩れ落ちた。

「陛下？　陛下！　しっかりしてくださいませ！」

どんなに呼びかけても、彼は目を覚まさなかった。身体から体温が奪われて硬くなっていく。

「陛下、目を開けて！　どうしましょう、誰か、助けて、陛下がっ」

「ベルフィーヌ様、失礼いたします。陛下をお運び申し上げます」

オズワルド様の魔法でヴォルレアス国王陛下の身体が宙に浮いたが、その背中は真っ黒に染まっていた。

「邪悪な妖精の呪いが、陛下を……」

美形の魔法使いは、険しい表情で呟いた。


陛下は別室に運ばれて、駆けつけた医師が診察を行った。

「これは死の呪いでございます。陛下は頑健なお方なので即死を免れましたが、このまま生命力が衰えていくと、呪いに抵抗できなくなります。早急に呪いを解く手立てを講じなければなりません」

「そんな、ヴォルレアス……いやよ、お願い、目を開けて！」

「ベルフィーヌ様、触れてはなりません。これは貴女を狙った呪いです、ベルフィーヌ様まで呪われる可能性があります」

「ああ、何でこんなことに……」

わたしは床に崩れ落ちた。エメランダル国で断首されたミザリーの首をこの目で確認しておけばよかった。そうすれば、入れ替わりに気づいて、王宮に近づけないで済んだかもしれないのに。悔やんでも悔やみきれない。どうしたらいいの、わたしのせいで、ヴォルレアスが……。

震えるわたしの身体を、マーシャが抱きしめてくれた。

「ベルフィーヌ様、少しお部屋でお休みしましょうね。陛下をお救いする手立ては、きっとオズワルド様が探してくださいますわ」

「全力でお引き受け致します。ですから、ベルフィーヌ様はご自分の事を気遣ってください。陛下が目覚めた時にベルフィーヌ様が寝込んでいたら、皆首をはねられてしまいますからね」

「オズワルド様……お願いいたします」

マーシャに連れられて、自分の部屋に戻った。

「お茶の仕度をしてまいります」

ひとりになったわたしは、頭を抱えた。

「考えろ、朋香。何かヒントはない？　ミザリーについて、小説になんて書いてあった？　何でもいいから手がかりを見つけなくちゃ」

エメランダル国からわたしが持ってきたのは、この身体と母の形見のペンダントだけだ。

そうだ、ペンダントに何か手がかりがあるかもしれない。

わたしは小箱に入れて引き出しにしまってあったペンダントを手に取った。気にかかるので、毎日このペンダントについて調べているのだが、彫られた花がジャスミンらしいということしかわかっていない。

「この羽根は、鳥の翼ではなくて虫の翅（はね）に似ている気がする……もしや、妖精の羽とか？

アニメの妖精にはこんな羽が生えてた気がするわ……あっ、また扉が！」

木製の扉がスチールの扉に変わっているのに気づいたわたしは、ソファーから立ち上がって駆け寄り、ドアノブに手をかけた。

第七章　愛する人の為に

「ベルフィーヌ、助けてちょうだい！」

「まあ、朋香じゃないの。また来られたのね」

右手にペンダントをつかんだわたしは玄関のドアを開けて、住み慣れたアパートの玄関に……来たと思ったらなんか違う。

「え？　ここはどこ？」

「資金に余裕があるから、転職を機にマンションに引っ越しましたの。ささ、遠慮なくおあがりになってね」

「ベルフィーヌ、のんびりしている場合じゃないの、大変なのよっ！」

「落ち着きなさい」

彼女は「冷静におなりなさいね。そんなに慌てていたら、どんな問題も解決できないわよ」とわたしを諭した。

「あ……はい、お邪魔します」

そういえば、日本に来ている間は向こうの世界ではあまり時間が進まないんだっけ。

わたしは深呼吸をした。

薄暗いアパートの玄関とは違い、シューズボックスの上にピンクの薔薇とかすみ草が飾られたおしゃれな空間を見回しながら、わたしは「素敵なお部屋ね、玄関を見ただけでわかるわ」と靴を脱いだ。

「ベルフィーヌは出世したんだね」

「あら、朋香だって、今はツェイザン国の王宮暮らしでしょう？　物置みたいな部屋ではなくて」

「確かにそうだわ。地位としては王妃だから変わらないけれど、待遇は雲泥の差……じゃなくてね、お願い、聞いて！」

「聞くからそこのソファーにかけてね。今、お茶を淹れるから、その間に状況をまとめて、一番困ることだけ教えてちょうだいな」

ベルフィーヌの冷静さに、わたしの頭も冷えていく。

「ヴォルレアス国王陛下が、ミザリーに呪われて命が危ないの」

「なるほど。では、ここに時系列順に、何が起きて今はどんな対策を講じているかを書いてくださいな」

白いプリント用紙とボールペンを渡されたので、わたしはキャルと名乗る気持ちの悪い男爵令嬢が侍女候補として現れた、彼女はミザリーと同一人物で……のように、簡潔に状況をまとめた。

「冷静にならないと、解決できる問題もこんがらがってしまうものなのよ。さあ、緑茶を召し上がれ。新茶だからとても美味しいわよ」

萩焼の湯呑み茶碗が、リビングのテーブルに置かれた。

「ありがとう、いただきます」

ボールペンを置いたわたしは、ベルフィーヌに紙を渡すとぬるめに淹れられたお茶を飲んだ。

「……美味しいわ。さすがはベルフィーヌね」

わたしはため息をついて言った。何でも卒なくこなすベルフィーヌは、お茶淹れの腕も天才的だ。それに、久しぶりに飲む日本茶が美味し過ぎて、まさに五臓六腑に染み渡る。

「申し訳ございませんけど、お代わりは自分で淹れてくださる？」

「了解ー」

文字を追いながらベルフィーヌがキッチンを指さしたので、わたしは急須にお湯を注して二番茶を淹れた。気がつかないうちにとても喉が渇いていたようで、わたしは二杯目も一気に飲み干そうとして……。

「あっつ」

ちょっと熱かった。

ふうふうしながら温かい飲み物をいただいたら、肩から力が抜けた。ヴォルレアス国王陛下の事はとても心配だけど、焦っても何の解決にもならないのだ。

「ふうん、ミザリーが邪悪な妖精？　なるほどね、腑に落ちたわ。ディアンやその取り巻き、王宮の侍女やメイドがわたしに残酷すぎる振る舞いをしたのは、精神を操る魔法で彼らの悪意を増幅していたからなのね」

「そうね。考えてみたら、仮にも正式な王妃を身分が下のものが虐めるなんて、おかしな事だよね」

「ええ。今度こそ、ミザリーは死んだのかしら」

「おそらく。ただ、死後も邪悪な呪いは消えてないの」

ヴォルレアスに取り憑いた黒い呪いを思い出して、わたしはおぞましさに身震いした。

「呪われているのは、背中だけ？」

「うん。でも、少しずつ範囲が広がってるってお医者様が言ってたの」

「大丈夫よ、朋香。解けない呪いはないわ」

紙を読み終わった朋香は、スマホ（最新式だ。これも買い換えたらしい）を取り出すとわたしが書いたメモを写真に撮った。そして、ものすごい速さで文字を打ち始めた。

「……誰に連絡しているの？　弁護士の彼氏？」

「いいえ、『てこて子さん』ですわよ」

「てこて子さん……どこかで聞いた事が……」

「『虐げられた王妃と偽りの輝き』をお書きになった方です。土曜日がお休みだとお聞きしてますから、つかまると思うんですけれど」

「……！　ああああーっ！　てこて子さん！　作者さん！　嘘、見つかったの？」

「優秀な探偵を雇いましたので。てこて子さんとはかなり以前から連絡を取り合ってますし、一度直にお会いしてますわ」

「うわあ、てこて子さんは存在したんだ！」

ベルフィーヌ、すげえ！　仕事速い！　超ヤバい！　わたしは語彙が崩壊！

「ね、ね、どんな人だった？」

その時、スマホの着信音が鳴った。

「もしもし？　てこて子さん、急に申し訳ございませんわ」

ベルフィーヌがスピーカーにしてくれた。

『いえいえ、ささっと読ませていただきましたが緊急事態なのですね！　わたし、今外に出ているんですけど、新宿に来れますか？』

「大丈夫ですわ」

『りょおっかい、ではでは、この前お会いしたカフェまでお願いできるかなー。あそこ、駅から少し距離はあるけれど、新宿にしては混まないから』

「落ち着いた良いお店ですわよね。はい、すぐに参りますわ。そうですわね……四十分くらいで到着します」

『わたしはもう少し遅れちゃうかもです。今、電車を待ってるところなのですが、家からネタ帳を持ってきて、改めて電車に乗って向かいますです。んで、んで、ベルフィーヌちゃんが来てるのですか？』

「ええ、身体がベルフィーヌ、中身が内海朋香さんです」

「あ、あの、てこて子さん！　初めまして、その、ファンです！」

わたしは緊張しながら話しかけた。

『うきゃーっ！　ベルフィーヌちゃん⁉　マジすか！　ヤッバ、神かよ、めっちゃたぎるーっ！』

何だか激しく興奮なさっているけど、駅のホームで大丈夫なのかな。

「それでは、てこて子さん、お気をつけていらしてくださいませね。わたし達はこれから外出のお仕度をいたしますので」

『はいいい、よろしくなのです！』

通話が終了した。てこて子さんは、想像以上にフレンドリーでいい人っぽい。すぐに会ってくれるなんて、とても親切だ。

ベルフィーヌが「さて」と言った。

「その格好では外出できませんわね。おそらく、わたし達の服のサイズは一緒くらいですから、お着替えをいたしましょう」

そうだった、こんなドレス姿では街を歩けない。歩けるけど、絶対にコスプレイヤーだと思われる。それはちょっとよろしくない。というわけで、わたしは量販店の長袖Tシャツにワイドデニムを着て、紺のパーカーを羽織った。金髪頭が目立つので、紺のキャップをかぶる。スニーカーもサイズが合ったので、仕度はばっちりだ。首には持ってきたペンダントをぶら下げているが、フェミニンな外しアイテムになってなかなか似合っている。

「あら、いい感じですわね」

「素材がいいからねー」

「ふふふ」

向こうの世界でドレスを着ていたベルフィーヌは、こっちではカジュアル派になったらしい。彼女もデニム姿で、この前と同じ眼鏡をしている。ファッション用の伊達眼鏡だ。なかなか高度なおしゃれである。

「それにしても、垢抜けたよね。内海朋香の身体なのに、別人みたい」

「あら、朋香だって、わたしの身体をスタイル良くしてくださってるじゃありませんの。ふっくらして可愛らしいわ」

「うん、美味しいものを食べながら、筋トレをしてるんだよ」

「努力家ですわね」

「えへへ」

そんなお喋りをしながら、電車に揺られる。ヴォルレアス国王陛下の事をあまり気に病まないようにと、ベルフィーヌが気を遣ってくれているのを感じる。本当に頼りになる王妃様だ。

「いろいろありがとうね、ベルフィーヌ」

彼女は「お気になさらないで」と品良く美しく笑った。

やがて、新宿駅に到着した。都心には外国人がけっこう多く、金髪に水色の瞳であるわたしは少しだけ目を引いたけれど、じろじろ見られる事はなかった。

「カッコいい子だね」「わ、可愛い！　モデルさんかな？」なんて声はちらほら聞こえた。でも、他にも可愛い子もカッコいい子も見かけたから、それほどは目立っていないと思う。

駅から十分も歩かないうちに、細い道を入った所のカフェに着いた。カフェというより、喫茶店と言った方がしっくりくるかな？

「雰囲気のいいお店だね」

「コーヒーも美味しかったですわ」

「やったー。向こうにはコーヒーがないんだよね。他の国から取り寄せられないかな。後で調べてみなくちゃ」

「多分、他国にはコーヒーもチョコレートもありますわよ」

わたし達は店内に入り、レトロな白いフリフリエプロンのウェイトレスさんに「もうひとりと待ち合わせをしています」と告げた。

「ふう……」

サイフォンで淹れられたブレンドコーヒーをひと口飲んで、わたしはため息をついた。

レトロな雰囲気のこの喫茶店は、こだわりの一杯を淹れてくれる店のようで、お茶にうるさいベルフィーヌの味覚も満足させているらしい。

　こうして大都会の一角で美味しいコーヒーを味わっていると、ツェイザン国での生活はすべて夢だったような気になってくる。愛するヴォルレアス国王陛下が呪いに蝕まれ、身動きできずに横たわっているというのに、美味しさを感じてしまうわたしは鬼嫁なのだろうか。こうしている間に呪いが広がって、ヴォルレアス国王陛下の身体を黒く染めて、そして彼の命を……。

「朋香、落ち着いて。冷静におなりなさい」

「えっ？」

「今、すごい顔をなさっていたわ」

　わたしの手の甲を指先でとんとんと叩いて、隣に座ったベルフィーヌが「大丈夫、きっと上手くいきますわ」と言った。

「国王陛下には、大魔法使いと王族を診る腕利きの医師がついているのでしょう？　朋香がすべき事は、てこて子さんに『虐げられた王妃と偽りの輝き』について聞いて、設定の隅々まで検討して、解決策を見つける事ですわ。それは朋香にしかできないのだから、余計な事は考えずに取り組みなさい」

「うん、そうだね。ありがとう」

「てこて子さんもその辺りは承知なさっているみたいで、ネタ帳という設定を詳しく書いた文書を持ってきてくださるとのことですわ。以前お会いした時に、わたし達が入れ替わった所からは続きを書いていないし、怖いから書くつもりもないとおっしゃってらしたわ」

それはそうだろうね。自分の書いた小説世界が実在して、しかもヒロインが日本で暮らしているなんて怖いだろう。うっかり変な事を書きでもしたら、人の生き死にのレベルでその世界にどんな影響を及ぼすかわからないのだ。

「ごめんなさいね、お待たせです！」

ふわっとしたセミロングヘアの、白いブラウスにジャンパースカートを着た若い女性が現れた。

「てこて子さん、ですか？」

わたしが反射的に「ごきげんよう」と淑女な挨拶をしてしまうと、彼女は口をOの形に開けた。

「おおおわわわ、マジもんのベルフィーヌだ！　リアル美少女！　実在してたー！」

「はい、実在しています。信じられないかも知れませんが……」

「信じます信じます、だって、わたしが想像していたよりもベルフィーヌに近いベルフィーヌですもん！　あとね、あとね、わたしに話しかけてくれたこと、ありますよね？夢の中でありがとうって言われてめっちゃ嬉しかったんです」

「あ、お祈りが届いていたのかしら？」

テーブルの脇に立った彼女は「ほわあ、夢みたい！　すごい、イメージ通りの水色の瞳、めっちゃ綺麗(きれい)、まさに生ベルフィーヌちゃんですね、これは動揺しますよ動揺ですよ」と怪しく興奮した。

「てこて子さん、足踏みをなさっていないで、そちらにおかけなさいな」

「朋香さん！　見てこの金髪！　なんて美しいの！　サラッサラ！　うちの子カワイイ！」

「てこさん、お座り」

「わん」

ベルフィーヌが王妃の威厳でてこて子さんを向かい側に座らせた。

え、犬？

確かにちょっと犬っぽい系女子だけど……。

てこて子さんは、えへへと笑い、指先をこねくり回しながら言った。

「あの、むふ、失礼しました。あなたのてこて子でございます」

「え」

ちょっと引いちゃうけど、失礼にならないかな？　この人、熱量が凄すぎる。

「……初めまして。中身は内海朋香の魂ですが、ベルフィーヌでございます」

帽子を脱いで頭を下げると、てこて子さんが「美しー」と目をキラキラさせた。

「ええとですね、ようこそ日本へ！　あっ、中身は日本人か。こっちの朋香さんに会った時も驚きましたが、こうしてベルフィーヌ本人に会うと、さらにさらに驚きなのです。いやほんと、お美しい。んで、おふたりの魂が入れ替わっちゃったんですね。朋香さんはOLさんでしたっけ」

「はい、ブラック企業の。辛いことには馴れているつもりでしたが、入れ替わった時はマジで死ぬかと思いました」

突然エメランダル国の王宮に行っちゃって、骨と皮の姿で、ヴォルレアス国王陛下が率いる兵士達に剣を向けられたんだよね。あの状況で入れ替わって、よく無事にここまでこられたものだと今更ながら運の良さに感謝する。

「竜王陛下に首をはねられなくてよかった……」とわたしが遠い目をすると、てこて子さんは「ハードモードな話を書いてしまい、大変申し訳ごじゃいませんでしゅたーっ！」と噛みながら勢いよく頭を下げて、テーブルをごんと言わせた。

「い、痛いです……」

涙目になって額を押さえている。作者氏、犬系おまぬけ女子だった模様。生みの親がこんな感じであの世界は大丈夫なのかな。

「ご挨拶はそのくらいにして、本題に入りましょう」

デキる王妃のベルフィーヌが、脱線しがちなわたし達を引っ張ってくれる。

「まず、確認ですが、ここまでの展開は小説としてお書きになっていないのですね？」

「ないですないです、おっかなくてもう書けませんよ。ただ、メモ書きというか、ツェイザン国編についての事が少しネタ帳に書いてありましたので、コピーしてきました」

てこて子さんがA５の紙を取り出した。

「見せてもらってもいいですか？」

「どうぞ」

わたしはネタ帳のコピーに目を走らせる。

「あっ、ここ！　ミザリーの脇に『黒の妖精』、そこからの矢印には捕食、『白の妖精』って書いてありますね」

「おお、そうでした。ミザリーが執拗にベルフィーヌを虐待したわけは、そういう設定からなんですね。こっちにもメモったかも」

てこて子さんが紙をめくった。

「ええと、『白の妖精は時空を旅する力』で『花言葉はマダガスカルジャスミンかな？』ってあります。なんだっけなー」

てこて子さんがスマホで検索する。わたしは、最近ジャスミンのことを考えた気がするけど……と、思い出そうとした。

「そだそだ、これです。マダガスカルジャスミンの花言葉が『ふたりで遠くへ旅を』と『清らかな祈り』だったんで、ベルフィーヌにいいなと思ったんですね。そこから時空を旅する種族だなあって妄想して」

「時空を旅する……」

ベルフィーヌが呟いた。

「もしかすると、そのせいでわたしと朋香が入れ替わったのかしら？」

「ふたりで、時空の旅をしたって事？」

わたしの背筋がゾワっとした。

「てこて子さんが考えた事が、現実に作用したんだね……怖いな……」

当人は……「ひえええええ」と真っ青な顔になっていた。

「ジャスミン……あっ、これだわ！」

わたしはTシャツの下に隠れていたペンダントを引っ張り出した。

「それは、お母様の形見のペンダントですわね」

「うん、ほら、ここに掘られた花がマダガスカルジャスミンじゃない？　そこに羽根が生えてる意匠なんだけど、これは妖精を表しているんじゃないかな？」

「見せてもらっても……」

「もちろんです」

わたしがてこて子さんにペンダントを渡すと、彼女は震える手で受け取った。

「確かにこれは、マダガスカルジャスミンの花ですね。純金のペンダント……わたしの脳内イメージが再現されてる……」

てこて子さんはわたしにペンダントを返しながら「超怖くなっちゃったので、ちょっと泣いてもいいですか？」と言った。

「ごめんなさい、わたしが酷い虐待の話を書いたから、朋香さんの中のベルフィーヌさんは……本当に、なんてお詫びをしたらいいのか……」

確かに、壮絶な虐めシーンだった。あれを実際に身体に受けたベルフィーヌは、どんなに辛かった事だろう。

「ごめんなさい……ごめ……」

「過ぎた事ですわ！」

ベルフィーヌは泣き出したてこて子さんに「謝罪は受け取りました。全て許します」と言い切った。

「わたしは今、毎日楽しくて幸せです。てこて子さんがわたしを生み出してくれたおかげなので感謝していますわ。辛い体験はすべて、とても役に立っています。だからもう、気になさらないでくださいませ」

さすがはベルフィーヌである。めっちゃカッコいいわ！

「まだ申し訳ないとおっしゃるのなら、後でケーキでも奢ってください」

「お、おう、いくらでも奢りますわ！」

「それでは話を進めましょうか」

「はい」

てこて子さんは涙を拭いて、少し落ち着いたようだった。

「てこて子さん、ミザリーの正体は黒の妖精で、白の妖精を食べることで強くなる。ベルフィーヌは白の妖精である。って事でいいのかな？」

「はい、そんな設定でした。純血種のミザリーと違い、ベルフィーヌさんの場合は、白の妖精の血を引く人間ですけど」

「ディアンとミザリーにどんなに虐待されても寝込まずに動いていられたのは、妖精の血族であったベルフィーヌが人並み外れた強さを持っていたからだと思うんだけど、白の妖精には他にも力があるんですか？」

「ええと……ここにペンダントの事が書いてありますよね。ベルフィーヌは白の妖精の血筋ですが、血が薄まって力は使えない感じです。でも、ペンダントが鍵になっていて、何か不思議な力を使えるようになるとかならないとか……そんな事を考えた覚えが……」

「それですよ！」

　わたしは叫んだ。

「黒と白は対だから、白の妖精の力があれば、黒の妖精の呪いも消せるはずだと思いませんか？」

「思いますですね！」

　てこて子さんも同意してくれた。

「ネタ帳には書いていない脳内設定なんですけど……いいですか？」

「もちろんです！」

「お母さんから引き継いだペンダントには、大切なものが入っているんです。それは、妖精の力を蘇らせるアイテム……丸くて光っている、謎アイテムなんです」

「はい」

「そのペンダントは、白い妖精の血族であるベルフィーヌにしか開ける事はできません」

「今開けてもいいですか？」

「どうぞ」

　わたしはペンダントを見た……が、厚みがあって、確かに中に何かありそうなペンダントには仕掛けが見つからない。

「どうやって開けるんだろう」

「握って、念を込めてみてください」

　わたしは両手でペンダントを握り込むと、「んむむむむむむむむ」とパワーを注ぎ込んだが……何も起こらなかった。

「駄目だ……どうしよう……」

「いや、そんな。絶対に開くはずなんですよ。ベルフィーヌの妖精の力が……って、ここが日本だから駄目なんじゃないでしょうか」

「ええ。この世界には魔力がございませんわね」

「妖精の力だって存在しないですよ。って事は、小説の世界に戻ったら開けられる筈。んで、その力で呪いを消す事ができる筈……いえ、できます！　絶対にできます！　そして、竜王は元気になって、ベルフィーヌ王妃といつまでも仲良く暮らしましたとさ、のハッピーエンドになるんです、作者が言っているんだから間違いありません！」

　てこて子さんは、ペンダントを持つわたしの手を両手で握って、力強く言った。

「大丈夫です、ベルフィーヌさんならできます。なんたって、ヒロインなのですから！」

「あの、わたしはもうこれ以上、この話には関わらないようにしようと思うんですよねー」

一息ついてクリームソーダを飲みながら、てこて子さんは言った。

「自分が世界を作り出しちゃったのか、はたまた世界の情報がわたしの脳内に流れてきちゃったのかはわからないですけど、こんな事受け止められないですよ。なので、申し訳ないんですけど、このネタ帳のコピーを全部お渡しして、今回限りで手を引かせていただきたいんです、ごめんなさいです」

てこて子さんはそう言って、わたしに紙の束を差し出した。

「『しいかが』こと『虐げられた王妃と偽りの輝き』については、これとウェブにアップした小説が全てです。丸投げしちゃいますが、ベルフィーヌさん、がんばってくださいです」

「いいえ、親身になってくださいまして、ありがとうございました」

「旦那さんの呪いが解ける事を、心からお祈りしてますです」

わたしはコピーを受け取った。

その途端……てこて子さんの目が宙を泳いだ。

「……あれ？」

「どうしましたか？」

わたしが声をかけると、彼女は少し照れたように言った。

「いえいえ、混んでいたとはいえ、相席しちゃってすみませんでした。ありがとうございました」

急によそよそしくなったてこて子さんの様子を見て、わたしとベルフィーヌは顔を見合わせる。

「わたしは先に失礼しますが、クリームソーダの代金をここに置いてしまって大丈夫でしょうか？　伝票が一緒みたいなんです」

「あ、はい、それはいいですけれど」

てこて子さんはクリームソーダを急いで飲み干すと、赤い革の長財布から硬貨を取り出した。

「それでは、八百円ちょうどで。相席ありがとうございました」

てこて子さんはにこっと笑うと、席を立ってお店を出てしまった。わたしは啞然として彼女を見送った。

「ねえ、どういう事？」

ベルフィーヌに尋ねると、スマホを見ていた彼女は微妙な表情をした。

「……わたし達も出ましょうか。早く国王陛下の所に戻られた方がよろしいわ」

「うん、そうだね」

三人分のお会計を済ませると、わたし達はベルフィーヌの住むマンションへと向かった。

「ペンダントとネタ帳を忘れずにお持ちになってね」

「うん」

ドレスに着替えたわたしは、重厚な木の扉に変わったマンションのドアから帰ろうとした。

「あのね、朋香！」

「何、どうしたの？」

振り返ると、てこて子さんの連絡先がスマホから消えましたの。そして、サイトを確認したら、小説も消えていますの」

「……てこて子さんが削除したって事？」

「いいえ。どうやら『あの瞬間』に消えたみたいですわ」

わたしは手にした書類を見た。てこて子さんのネタ帳のコピーをわたしが受け取った瞬間に、てこて子さんはわたし達のことを忘れて、『虐げられた王妃と偽りの輝き』という小説がこの世界から消えた……。この世界と、小説の世界が切り離された、という事なのだろうか。

「朋香が向こうに行ったら、わたし達はもうお会いできなくなるような気がいたしますわ」

「え、嘘」

わたしは心細さに襲われた。

「ベルフィーヌと会えないの？　わたしは二度とこっちに来られなくなるの？」

「まず間違いないと思われますわ。ですから……朋香、どうぞお元気で。そして、末永くお幸せに」

頼りになるベルフィーヌに、生まれ育った日本に、別れを告げなければならない。わたしの生きる場所はもう、ヴォルレアス国王陛下の隣なのだから。

「うん、ベルフィーヌも元気で、目一杯幸せになってね！　いろいろとありがとう」

「わたしこそありがとう……朋香！」

彼女はわたしを抱きしめて、わたしもベルフィーヌを抱きしめた。

「ごきげんよう」

「ごきげんよう」

わたしは扉を開けて、日本を後にした。


ツェイザン国の王宮に戻ったわたしは、首からペンダントを外して両手で包み込み、祈った。

「わたしの中の妖精の力よ、ヴォルレアス国王陛下を助ける力となってください」

手の中に熱を感じたので、ペンダントを見る。

「隙間が開いてるわ！」

爪を入れてこじ開けると、てこて子さんが言っていた通りに、真珠くらいの大きさの光る球体があった。手のひらに出すと、ほんのりと温かい球体は手に吸い込まれ、わたしの中に溶け込んだ。

「これで、呪いが祓えるのかな……ううん、絶対に祓えるはずだよね、てこて子さんがそう言ってたんだもん」

わたしはヴォルレアス国王陛下が眠る部屋へと急いだ。

「ベルフィーヌ様」

そこには、美しい顔を翳らせながら陛下に回復魔法を使う大魔法使いがいた。魔法では呪いを祓う事はできないのだが、体力を底上げできるから、呪いの進行を遅らせる事ができるらしい。

「ありがとうございます、オズワルド様。わたしが側についていますから、少しお休みくださいませ。きちんとお食事を取られていますか？」

「いえ……そうですね。陛下の状態は落ち着いていますから、何か食べて休んできます」

オズワルド様が部屋を出ると、わたしと陛下だけになった。体温が下がり、冷たく固くなった頬に手を当てて、わたしは話しかけた。

「ヴォルレアス様、聞こえますか？　わたしね、白の妖精という種族の血を引いていたらしいのです。妖精の力を使って、呪いを祓おうと思いますのよ。絶対に上手くいきますから、もう少しだけご辛抱くださいね」

陛下を失ったら、わたしはきっとエメランダル国とツェイザン国をひとりで治めていくだろう。でも、幸せにはなれない。孤独に慣れていたわたしだけれど、人を愛する事を知ってしまったからもうあの頃には戻れない。

どんな事をしても、この人を助けたい。たとえわたしは命を失うとしても、ヴォルレアスが生きていてくれるのならそれでもいい。

わたしは彼の頰を両手で包むと、その乾いた唇にそっと自分の唇を押し当てた。

愛の口づけは、どんな魔法や呪いよりも強くて、ふたりに襲いかかる困難を一発で吹き飛ばす力がある……なんて事を信じていた。信じていたのだけれど。

「え、なんで？　起きないいんだけど」

ペンダントの中に入っていた、妖精のなんとかっていう光る玉を吸収したわたしは、白の妖精なるものの力が発動している筈である。ほら、さっきからわたしの身体の周りをふんわりと光る靄の様なものが漂っているしね。オーラっぽい感じの、きっとこれがそうだと思う。わたしが口づけたヴォルレアス国王陛下の唇も、ほのかに光っているわ。それなのに。

「やり方は間違っていないと思うんだけど、どうして起きないのかしら？」

わたしは両手を彼の頰に当て、揺さぶってみた。

「陛下、ヴォルレアス、起きて！　ねえ、目を開けて！」

彼は目を覚ましてくれない。

「ヴォルレアス！　ヴォルレアス！　あっ、顔を擦ってたら少し柔らかくなってきたみたいね。えい、えい、えい、呪いよ去れー、退散するが良いー、祓いたまえ清めたまえー、呪いの浄化ー」

　怪しい呪文を唱えながら、横たわる美形男性の顔を全力で揉むわたし。なかなかシュールな光景である。

「瞼も揉んでおこう……あら、ヴォルレアス？」

　目に人差し指と中指を指を当てて、優しくモミモミしていたら、ここも柔らかく変化した。瞼が動くようになったみたいで、ヴォルレアス国王陛下の目が開いた。

「よかったわ、ヴォルレアス！　んーっ！　んーっ！」

　愛を込めてちゅーちゅーしまくる。彼はまばたきをするばかりで、他には反応がない。

「お喋りはできないの？　まだ口の周りが硬いのかしら……うん、冷たいわ」

　モミモミモミ。指先でイケメンの唇を優しくほぐす。わたしの指から光が移動して、陛下の口も光っている。呪いによって血流が悪くなり全身の筋肉が硬くなっていたのだとしたら、揉む事で改善されるというのは理屈に合うのだけれど……わたしの考えていたお祓いと、なんか違う気がする。

「……ベルフィーヌ」

「ヴォルレアス！　ああ、お話ができるようになったのね、本当によかったわ」

　わたしは彼の腕を揉みながら、半泣きでキスをした。

「あのね、ミザリーが死ぬ時に放った呪いを、ヴォルレアスがわたしの代わりに受けてしまったの。それでね、わたしの母は、白の妖精っていう種族の血を引いていてね……詳しい事は後で話すわね。早くあなたの身体を治さなくちゃ。動けなくて辛かったでしょう」

　両腕を揉み終わると、彼はわたしの身体を抱き寄せようとしたが、肩がまだ動かせないようだ。仕方がないので、手を握り合った。

「ベルフィーヌ……そなたは無事か？　身体はなんともないのか？」

「ええ、ありがとう。ヴォルレアスのおかげでわたしは大丈夫よ。起きられそう？」

「いや、腕も満足に動かないようだ」

「どうやら直接触ってマッサージしないと駄目みたいね。わたしに任せてちょうだい。服を脱がすわね」

　わたしはシャツのボタンを外して脱がそうとしたが、ひとりでは身体が動かない人の服を脱がすのはとても難しい事がわかった。前がはだけた状態にするのが精一杯だ。

「触れるところからがんばって、動かせる場所を増やすしかないわ」

「済まないが、頼む」

「いいのよヴォルレアス、気にしないで。あなたが倒れてしまって、本当に心配したのよ……って、ごめんなさいませ、わたしったら陛下を呼び捨てにしてしまっていたわ！」

「気にするな。むしろ、そう呼ばれると嬉しく思うぞ」

「まあ、ヴォルレアス……大好き」

　思わずちゅっとキスをしたら、彼は照れたように笑った。

「さあ、がんばって呪いを祓うわよ」

わたしは首から肩、そして胸へと手を滑らせて、彼の身体を撫で回すようにして揉んだ。触れたところに光るモヤモヤが付き、温かく柔らかになっていく。

「あなた、とてもいい身体をしているのね。こんなに明るいところで拝見するのは初めてだから、知らなかったわ」

「我が愛らしき花嫁のお褒めにあずかり光栄だ」

ドレス姿で、全身を使ってマッサージしていたら、少し汗ばんできてしまった。

「ベルフィーヌ、ドレスを脱いではどうだろうか。鍵を閉めれば、この部屋には誰も入れないぞ。その扉の模様に施錠する為のからくりが仕込まれている」

息があがってきたわたしは、ヴォルレアスに教えてもらって扉の鍵をかけて、ドレスを脱ぎ捨てた。あられもない下着姿になってしまったけれど、さっきよりも断然動きやすいので、わたしはすぐに彼の上半身を揉みほぐすことができた。

「どうかしら、腕が上がる？」

「ああ、ありがとう。こうしてそなたを抱きしめられるようになったぞ」

ぎゅっと抱きしめられたので、わたしも彼を抱きしめるようにして背中に手を回した。

そこは呪いがぶつかった場所なので、他に比べて一層冷たさを感じた。

「かわいそうに、こんなに冷えてしまって……さぞお辛い事でしょう。あっ、そうだ、いい事を思いつきましたわ」

わたしは腰を低くして彼の身体に手をかけて「ふんっ」という掛け声をかけながら、下半身が棒のように動かない彼の身体を横向きにする。そして、まだシャツを脱がす事ができないのでまくりあげる。

「あのね、ちょっとはしたないけれど、こうした方が効果があると思うの」

わたしはドレスインナーを脱いでドロワーズ一枚になると、ベッドに乗りヴォルレアスの背中にぴったりとくっついた。黒く変色したところに触れておなかがひんやりしたけれど、すぐにわたしから光るモヤモヤが大量に現れて彼の身体を包み込んだ。

「とても温かくて気持ちがいい。痺(しび)れが消えていく」

「接触する部分が大きいと、効果があるみたいだわ」

こうして、上半身からは無事に呪いを祓い、下半身にも取りかかったのだが。

「力が出ないのは、やっぱりこのせいだと思うわ」

「どうなっているのだ？」

上半身も脚も、マッサージによって柔らかく温かくなったのだけれど、彼はまだ起きあがることができない。白の妖精の力から逃れようとしているのか、身体の中心に呪いが集まってしまったからだ。

「その、殿方の大事な部分が真っ黒に染まっているわ。ミザリーって、本当に邪悪な妖精なのね、こんな事をするなんて……」

そうなのだ、いつもの暴れん坊ぶりとは打って変わって、ヴォルレアスのアレがしょんぼりと頭を下げている。

「済まない、ベルフィーヌ。不本意なのだが……そなたの手で元気にしてもらえないだろうか」

「もちろんよ」

男性の大切な所を目を背けたくなるような状態にされて、さすがのヴォルレアスも衝撃を隠せないようだ。悲しい子犬のような目をしている。再び仰向けになった彼の、しょんぼりしたアレに手を伸ばして、そっと持ち上げる。

「触って、痛みとか変な感じはないかしら」

「大丈夫だ。何も感覚がない」

それはそれで困りものである。わたしは両手で包み込むようにして、光がそこに流れ込むのをイメージした。

「祓いたまえー、清めたまえー、浄化ー、綺麗に浄化ー……あ」

手の中のソレが、ぴくりと動いた。

「回復の兆しが見られましたので、このまま……その、お祓いを続けてみます」

わたしは、あえて丁寧な口調で言い、ヴォルレアス国王陛下の黒くてしょんぼりしたソレを左手にのせて、右手で優しく撫でた。

「まあ、小さい子がぴくぴく動いて可愛らしいわね」

そんな事を呟いてから、彼の顔を見てはっとする。

瞳に光がないわ！

「無念……だ……萎えた姿を我が愛しき人に晒すなどとは……しかも、小さくて可愛いなどと言われてしまった……情けない……」

それは申し訳ない。大きな陛下も小さな陛下も仲良くしょんぼりさんになってしまった。けれど、目に涙を浮かべる彼の顔には赤みがさしていて、とても色っぽい。これはいいものが見られた。

「仕方がありませんわ、これは皆、恐ろしい呪いを受けてしまったせいですもの。しかも、頼れる夫らしくわたしを庇（かば）ってのことですから、名誉の負傷みたいなものです」

「そう、だろうか」

「そうですとも。呪いを祓い、大きく育てていきましょう」

手のひらで撫で撫でし続けると、ソレが少しだけ動くようになった。快感が走るのかひくひく震え、彼は小さな吐息をつき少し辛そうな表情になる。

弱った俺様竜王の姿、すごくいい。なすすべもなくわたしの手で気持ちが良くなってしまって、少し悔しそうなのもゾクゾクする。もっと彼を虐めた……違う違う、特殊な性癖に走ってどうするのだ自分。

「堪忍してくださいませね。別に陛下のイチモツを弄ぼうとしているわけではないのですわ。こうして丹念に擦って差し上げると、呪いの証が少しずつ消えていって、元のようなお元気なお姿になるはずですから。元気になーれ、元気になーれ」

しょんぼりしたものを指先で摘まんで、ふにょふにょふにょと揉むと、ヴォルレアス国王陛下が「あ、あ、あっ」と小さく声をあげた。

「お小さい大きさの陛下のものも、なかなか魅力的ですわよ。素直ないい子ですわ、よしよし」

「ああっ、無念である！」

身体を動かす事ができない陛下は、顔を赤くして悔しげに言った。

ソレをまんべんなく撫で回し続けたらようやく黒い所がなくなった。そして、むくむくと大きく膨らんでくるが……まだいつものような元気はない。

「呪いの方はかなり祓えたと思うのですが、お身体の状態はいかがですか？」

「まだ腕以外は自由に動かす事ができないぞ」

「そうですか。という事は、表面的には回復したけれど、身体の内部に呪いがまだ残っているということでしょうか」

「……気味が悪いな」

「そうですわね、これは由々しき事態でございます」

国王陛下のナニが元気にならないと、お世継ぎを作るという大事なお仕事ができなくなってしまう。イケメンの血を引いた子孫をたくさん増やすのが世の為人の為であるので、ここはなんとかしたい。わたしの力を充分に使うには、やはり、あれをするしかないのだろうか？　まだまだ初心者のわたしに上手くできる自信はないのだけれど、ここはこの国の王妃となる者として、身体を張ってがんばらねばならないのだ。

「陛下、失礼いたします」

わたしは下着を全部脱ぐとベッドに乗り、彼の足もとに座った。

正面からわたしが抱きつくと思ったのか、仰向けのヴォルレアス国王陛下はわたしに向かって腕を伸ばしてきたのだが、そうでないのだ。

「国王陛下に対してこのような事をするなど、大変な不敬で畏れ入りますが……身体を張った治療をしたいと考えております」

「ベルフィーヌよ、呼び捨てで構わない。それから、さっきから妙に丁寧な口調で話されて、余計にいたぶられている感じが増すというか、いたたまれない気分になっているのだ。できる事なら『仲の良い夫婦のひと時の戯れ』といった砕けた雰囲気でして欲しいのだが……その、場所が場所であるからな」

「わかりました。じゃあ、ヴォルレアスって呼ぶわ。あのね、今からやるのは治療なの。わたし如きが国王陛下にこういう事をするのは不遜なことかもしれないけれど……何とか呪いを浄化させてしまいたいのよ」

「そなたなら、何をしても許すぞ」

「安心したわ。恥ずかしいから、目をつぶっていてくれる？」

「うむ」

わたしは彼にまたがり、アレの上に腰を下ろした。

陛下の無防備なアレを可愛がって……ではなく、治療しているうちに下半身がむずむずしてきたため、わたしの秘所から恥ずかしい液体が溢れている。そして、そこには光がたくさん集まっているのだ。もしかすると、わたしの体の奥深くで妖精の力が湧き出ているのかもしれない。

ぬるり、と腰を滑らせると、陛下が「むう」と呻いて目を開けた。

「いやだわ、見ちゃ駄目だってば」

「何をして……ううんっ、これはっ、何というっ、感触っ」

「はあっ、違うの、こうすると、呪いが、祓えるからっ」

「そうっ、だなっ、治療っ、なのだなっ」

男性にまたがって前後に腰を振るという恥ずかしい姿を見られたわたしは「お願い、見ないで、目を閉じてっ」と必死でお願いをした。

「ベルフィーヌ、見せてくれ、こんなに、気持ちの良い事を、我が妃に、してもらえてっ、わたしは、果報者だっ、ああっ、ベルフィーヌ！」

「やあん！」

両手を伸ばしたヴォルレアスに胸をやわやわと揉まれて、わたしは嬌声をあげた。

「患者さんなのだから、悪さをしては駄目よっ、あんっ」

「ふむ、こうしていると、指の強張りがとれるのだっ、これも治療っ、くっ、何と、この気持ちの良さはっ」

「やあっ、乳首を摘ままないでーっ」

のけ反りながらもがんばって腰を動かしていたら、陛下の陛下がすっかり力を取り戻した。

「すごい、大きくなったわ！」

「だが、まだ本調子ではない。ベルフィーヌの中に納めてはくれぬか？」

ここまで立派に育ったのだから、合体は可能だろう。おそらくわたしの体内の妖精の力がヴォルレアスのモノを伝っていくだろうから、浄化が早まるはずである。

「し、仕方がないわね、治療のためだもの」

「仕方がないのだ」

わたしは腰を待ち上げると、天に向かってそびえ立つ立派に育ったアレを濡れそぼった蜜穴に押し当てて、ゆっくりと腰を下ろした。初めての騎乗位である。

「あん、たくましいのが奥まで入っていくわ」

大きな棍棒をずぶずぶとわたしの中に納めていく。ヴォルレアスとは何度も身体を重ねたから、形を覚えたのか無理なく合体する事ができた。

「……これは気持ちの良い治療だな。そなたの中はとても温かくて力に満ちている」

「少し動くけど悪さをしないでね」

「努力する」

わたしは彼の胸に手をついて身体を支えると、腰を浮かせて、またぐいっと沈めた。

上下に腰を動かして抜き差しすると、ヴォルレアスのやや立派なモノ（彼の本気はこんなものではないのだ）がわたしの中の肉襞を擦り、感じるいい所に当たる。

「気持ちいいわ、ヴォルレアスのがわたしの中に、あんっ、感じるのっ、すごくいいの」

「そうっ、かっ、それはっ、良かったのだが……」

わたしは、お尻の下に敷かれてなす術もなく、男性の大事なモノを蹂躙されているヴォルレアスを見下ろした。

「ふふっ、感じちゃってる？　強くてたくましい国王陛下が、わたしの下で喘いでいるのを見ると、わたしも気持ちが昂ってしまうわ……ほら、どう？　こういうのは気持ちいい？」

「そんなに締めつけられては、ううっ」

赤い顔を歪めるイケメンは「わたしは、喘いでなど、いないぞっ、少し気持ちがいい、だけだ、くっ」と悔しそうに言った。

「わたし以外の女の痕跡が残っている悪い子ちゃんには、お仕置きをしなくちゃね。みんな搾り取ってあげるわ」

「なんという妖艶な顔なのだ！　ベルフィーヌ、そなたは、そんな性格だったのか？　ふうっ！」

わたしは彼の胸にある膨らみを摘んで弄ると、腰を上下するのに合わせて揺らした。

「あら、どんな性格？　我が身を尽くして夫の身体から呪いを祓っている健気な妻じゃなくて？　それにね、こんなわたしにしたのはあなただと思うのよ。ねえ、ここも性感帯みたいね、謹んで開発致しますわ、うふふ」

　彼の胸にある硬くなった尖りを指先でくりくりとこねると、身体を動かせないヴォルレアスは色っぽく切なそうな表情でわたしを見た。

「ああっ、そなたはっ、絶対に、楽しんでいるだろうっ、うう｜っ、駄目だ、気持ちが良すぎるのだ！」

　わたしを睨もうとしているのに、あっけなく快感に負けてしまうところがたまらない。

「まあ、ヴォルレアスったら可愛い人ね、大好きよ。こんなに大きくて硬くて素敵なモノを、わたしの中で思いきり暴れさせているのですもの、楽しいに決まっているじゃない。とてもいい子だわね、この子も大好きよ」

「褒めればいいとっ、思うなっ、はあっ」

　口ではそんなことを言っているけれど、わたしに褒められたせいか、イチモツは喜んだ様子でわたしの中で激しく自己主張をし始めた。

「すごい、ますます大きく硬くなってきたわ。ああん、気持ちいい、ヴォルレアスのがわたしの中をゴリゴリ擦って、なんていやらしいの！　奥まで当たって、もう、いい、イッちゃいそうよ」

　髪を振り乱し、淫らな声をあげながら、わたしはヴォルレアスの胸を撫で回して腰をリズミカルに振った。

「ねえ、あなたも、気持ちいい？　こういうのが、好きなのね」

「無念だが、非常に無念だがっ、気持ちいいっ、そなたは天才かっ、もう我慢できない、こんなに締められたら、ベルフィーヌ、ああ、ベルフィーヌ！」

「あん、わたしも、もうっ」

まるで縋りつくように胸を揉まれて、わたしは「イくーっ！」と絶頂に達した。同時に、ヴォルレアスも「無念だーっ！」とわたしの中に精を吐き出した。


「ねえ、身体は動くようになった？」

結合したままヴォルレアスの身体の上に上半身を倒して、ちょっと休憩をしながら、わたしは尋ねた。騎乗位は意外と体力を使う体位だった。明日はたぶん、筋肉痛だ。

「これの大きさは申し分ないくらい立派になったけれど、呪いはすべて祓えたのかしら」

わたしの中で圧倒的な自己主張をする陛下の陛下は、精を放ったというのに元気なままだ。

「起きられるかどうか、試してみよう」

ヴォルレアスはわたしの背中に腕を回すと、腹筋の力で起き上がった。

「まあ、力持ちね。治ったようでよかったわ」

「そなたのおかげだ。ありがとう」

「ううん、ヴォルレアスがわたしを助けてくれたんだもの、当然よ。ありがとう」

わたし達はお礼を言い合いながら、小鳥のように口づけしあった。

「念の為に、もう一度したいのだが、どうだ？」

「ええ、もちろん構わないわ。でも、さっきのでわたしの体力は尽きてしまったみたいなの」

「案ずるな」

ヴォルレアスは獲物を前にした猛獣のように、紫色の瞳を光らせながらにやりと笑った。

「今度はわたしが可愛がってやるからな。丁寧にお返しをさせてもらおう」

「期待していいのかしら？　旦那様、可愛がってくださいな」

わたしの中のアレが、ぶるんと震えた。

「そなたは、そんな煽る事を！　覚悟はいいか？」

「やあん、優しくしてー」

「どの口でそんな事を言うのだ」

彼はつながったままのわたしをベッドに寝かせると、脚を大きく広げてつかみ、腰を前後に振った。

「あん、すごい、んっ、いつもの、調子が、戻った、わねっ」

「気持ちが、いいのか？」

「いいわ、ヴォルレアスの、モノで、もっと、奥まで、たくさん突いてーっ」

「くうっ、そなたの、ここは、進化して、いるぞ！」

「完全に、本調子ね！」

「呪いなど、跳ね飛ばしてくれる！」

そんな事を言いながら激しく睦み合っていると、三回戦に入ったあたりで鍵が開く音がして、突然扉が開いた。

「ベルフィーヌ様、陛下に何が……」

その時、丁度、後背位になっていた。

四つん這いになったわたしと、わたしのお尻をがっしり摑んで腰を振っていたヴォルレアスは、カッ！　と顔を扉の方に向けた。

目と口を大きく開けた美形の大魔法使いが、硬直していた。

そして、素早く後ろを向くと、扉を閉めた。

「お目覚めになられたご様子ですが、こっ、この状況は、いったいどういう事なのか、ご説明していただいてもよろしいでしょうか？」

こちらに背中を向けたまま、オズワルド様が言った。

「うむ。ベルフィーヌが妖精の血族である事がわかり、わたしの為に身体を張って悪しき妖精の呪いを解いてくれたのだ。愛の力だと考えてかまわぬ」

「は？　愛欲の力？」

「あ、い、の、力だ。そして、僅かでも呪いが残っていると今後に差し障りがあるので、念には念を入れて、浄化というか、治療というか、全力で治してくれているところである」

「よくわかりませんが……今は治療中、という事なのですか？」

「そうだ」

「陛下は、元通りにお元気になられたと思っていいのですね？」

「さらに元気が増してきている」

「そのようですね」

　オズワルド様はため息をつくと「ご快癒おめでとうございます。その旨を皆に伝えて、治療が完了するまではこの部屋への立ち入りは禁止しておきますね」と気持ちのこもっていない声で言い、部屋を出て行った。

「いやん、オズワルド様に見られちゃったわ、恥ずかしい」

　わたしがそう言うと、ヴォルレアスはふっと笑いを漏らした。

「そう言うが、本当は見られて興奮したのではないか？」

「えっ、そんなこと、ないわ」

「オズワルドにそなたの白い尻を犯す姿を見られてしまったな。そら、今、ぎゅっとしまったぞ。どうやら図星のようだな」

「やめて、わたしは露出趣味の変態ではないわ」

「先程わたしの上でがんばっていた時も、淫乱と言っていい程の卑猥な姿をしていたし」

「そういうヴォルレアスだって、わたしに責められてものすごく感じていたじゃない」

「では、お互い様だな」

「そうよ、お互い様よ。夫婦で仲良しなんだから、それでいいじゃない」

「その通りだ」

それからわたし達は『恥ずかしいごっこ』や『女性責めお姉様バージョン』などをしてものすごく盛り上がり、三回戦から四回戦と進み、五回戦を終えたところでわたしは意識を手放したのだった。

第八章　フェアリージャスミンの花嫁

「ベルフィーヌ様、いよいよですわね。ドレスは白になさるのでしょう？　清楚な雰囲気が素敵でしょうね」

「どうぞ、末永く可愛くお幸せに！」

「結婚式での晴れ姿を拝見するのが楽しみでございますわ、おめでとうございます」

「ああ、どんなに可愛らしいことか！　想像するだけでもう、たまりませんわ」

「本当に、おめでとうございます」

ある晴れた日、気持ちの良い風が吹く薔薇の庭園でお茶会が開かれた。

陛下の体調が戻り、再び穏やかな日常が続いたので、わたしはこの国の王妃としての交友関係を築くための社交を行っていた。お茶会もその一環なのだ。日を重ねてツェイザン国の貴婦人達とも順調に親しくなった。そして明後日には、いよいよ結婚式を迎えるのだ。

公爵夫人が主催のその席で口々に祝福されたわたしは、少しはにかみながら「こんなにも皆様に楽しみにしていただけるなんて、とても嬉しゅうございますわ」と頰に指先を当てて微笑んだ。

「はうっ、カワイイ！」

「チョーカワイイ！」

「メッチャカワイイ！」

「あああカワイイあああカワイイあああカワイイ……皆様、気をしっかり持つのですわ、落ち着いて、深呼吸を！」

　公爵夫人が茶会の出席者達に気合を入れてくれたので、血迷ったお嬢様に抱きつかれたり、すりすりと頬擦りをされる事は免れた。

「ありがとうございます、公爵夫人。いつも頼りになるお方ですわ」

　ちょっとあざといかなーと思いながらも三十度に首を傾げると、彼女は「むふん！」と荒い鼻息を吹いてから手にした扇で顔を隠した。

「いくら親しいお友達でも、王妃陛下に失礼な振る舞いをするなど不敬極まりない事ですからね。国王陛下のやきもちも怖いですし。それに」

　彼女はわたしの背後にちらりと目をやり「まあ、その、淑女として品位ある交流をしなければ、恥ずかしゅうございますでしょう」と笑った。公爵夫人がほんの少しだけ顔を引き攣らせているのは、腹心の侍女であるマーシャを気にしているからだろう。

　そう、マーシャはわたしの為ならヴォルレアス国王陛下に牙を剝く事も厭わない、ある意味この国で最凶の女性なのだ。最強というより最凶なあたり、察して欲しい。

　先日のヴォルレアス国王陛下が呪われた事件で、わたしがこの身を使って呪いを祓ったのだが、その後アレな方向に盛り上がってしまった挙げ句にヴォルレアスのベッドでわたしは失神し、初めて妖精の力なるものを使った反動で丸一日目を覚まさなかった。その顚末を知ったマーシャの怒りたるや、のちにヴォルレアスが「数々の戦争を体験し修羅場も潜ったが、あれほどの恐怖を心に植え付けられた事はない」と青い顔をしてわたしに訴えた程だ。

「わたしはこの世界で最初にベルフィーヌ様の可愛さに気づき、ベルフィーヌ様をお守りしようと誓った者でございます。ベルフィーヌ様の害となるものは、すべて、完膚なきまでに、このわたしが滅して差し上げますので」

　淑女の笑みを浮かべながら、そんな物騒な事を言ってくれるマーシャの事が、わたしは大好きだ。

「あの、ベルフィーヌ様……」

　若き侯爵令嬢が、もじもじしながら言った。

「ご結婚記念の絵姿を、手に入れましたので、ええと、よろしければ、こちらにベルフィーヌ様のサインを……」

「まあ。活動にご賛同いただきまして、ありがとうございます」

　実はこの絵姿というのは、日本で言えば昭和アイドルのブロマイドのようなものなのだ。ツェイザン国内で有名な人物の絵姿は、繊細な画風の画家の手で描かれたもの、版画にしたものなど、様々な種類があり、庶民から貴族までたくさんのコレクターがいる。お値段も様々だ。

ちなみに、わたしやヴォルレアス国王陛下の他に、正統派の美形である大魔法使いのオズワルド様や、イケてるおじ様の宰相イカロス・ゴーメ閣下、マニアックなものではクール真面目眼鏡男子のダレン・ジューリヒ先輩のものもある。

自分の絵が描かれた絵姿が売れると、一定の金額が本人に払われることになるのだが、それはノブレス・オブリージュの精神で活動する為の資金に使われるという暗黙のお約束があったりする。

ちなみにわたしは、弱い立場に置かれたり虐げられる女性をなくす為の活動を行なっている。

若き令嬢は誇らしげに言った。

「今回は運良く、金の絵姿を手に入れる事ができましたの」

「金を？　それは幸運でしたわね」

「羨ましいわ、金の絵姿をわたしもぜひ手に入れたいものですわ」

金の絵姿。それは、大人気の絵師によるごく稀少な作品である。欲しがる人が多いため、当然のことながら価格は大変な額に跳ね上がる。何ヶ月待ちとか、下手をすると何年待ちとなる作品もあり、金の絵姿を持っているという事は熱狂的なファンであり、財を持つものであり、伝手を持つものでもあるので高いステイタスの証なのだ。

「という事は、今日、お待ちになっていらっしゃいますの？」

「もちろんでございますわ」

きゃあああーっ、という歓声が上がった。

「拝見してもよろしくて？」

「もちろんですわ」

侍女から絵を受け取ると、伯爵令嬢は席を立って皆に見せた。

「タイトルは『フェアリープリンセス』ですのよ」

「ふわあああ、カワイ美しい……」

「ため息しか出ませんわ……」

「さすがは金、輝きで目を焼かれそう……」

そこには、マダガスカルジャスミンによく似た花のフェアリージャスミンが咲き誇る中、淡いミントグリーンの柔らかなドレスを纏ったわたしが、誰かに手を差し伸べながら微笑む姿が描かれている。背中には、光で作られたような半透明なマントがついていて、よく見るとまるで体重がないかのように身体が浮かび上がっていた。

わたしは用意された羽ペンを手に取ると、慣れた手つきで姿絵の裏側にサインをした。

「『メイナ様に幸せが訪れますように。ベルフィーヌより愛を込めて』。これでよろしいかしら？」

「きゃあああっ、ありがとうございます、とても嬉しゅうございます！」

目に涙を浮かべる令嬢に絵を渡して握手をすると、「あっ……」といって失神しそうになった。側仕えの令嬢が慣れた手つきで支えて椅子に座らせた。

「ごめんあそばせ。感動のあまり、取り乱してしまいましたわ」

すぐに意識を取り戻した令嬢が恥ずかしそうに詫びた。「無理もございませんわ」「お気持ちはよくわかりますもの」と慰めるところまでが様式美である。この世界の女性は、割と失神しやすいのだ。物語から生まれたからだろうか。

物語といえば、あれからわたしは日本に戻る事はなかった。スチールのドアはもう現れない。てこて子さんから受け取ったネタ帳のコピーを見たわたしは愕然とした。日本語が全く読めなくなっていたからだ。ふたつの世界が切り離されたからだろうか。

単なる紙となってしまったが、わたしはそれを引き出しにしまって大切にとってある。二度と会えなくなってしまっても、別の世界に内海朋香の身体のベルフィーヌとてこて子さんが存在する事を忘れたくない。


結婚式の日がやってきた。

朝から侍女達に磨き上げられたわたしは、ふんわりと広がったプリンセスラインの白いドレスを着て、結い上げた髪にはフェアリージャスミンの花を飾ってもらった。胸には、母の形見のペンダントを下げる。

「ベルフィーヌ、とても綺麗だ」

白い礼服を着たヴォルレアスが、わたしを迎えにきてくれた。

「ありがとう。あなたもとても素敵よ、わたしの国王陛下」

ちゅっ、と軽いキスをする。

「皆が待っている。今日も広場は満員で、警備の騎士達が奮闘しているぞ」

「ふふっ、あとで特別手当を出さなくてはね」

わたしはヴォルレアスにエスコートされて、バルコニーのある建物に向かった。ツェイザン国の結婚式は人前で行うのが主流で、王族の場合は国民達の前で結婚を宣言するのが通常である。初めてこの国に来た時のように、今日も塔のバルコニーから挨拶をするのだ。

階段を上る時に、ヴォルレアスが「そなたのようなドレス姿では大変だろう」とわたしを抱き上げてくれようとしたのだが、マーシャが「お待ちくださいませ」と制止した。

「ドレスの下にたくさんのパニエを重ねているため、抱き上げると不安定になりますわ。オズワルド様、お願いできますか？」

「マイレイディ、仰せの通りに」

いつの間にか待機していたオズワルド様が、マーシャに恭しく頭を下げると、前回のようにわたしを魔法で浮かせてくれた。

「ありがとうございます」

「貴女のお役に立てる事が、わたしにとっての幸いです」

マーシャとオズワルド様が、仲良さそうに顔を見合わせて微笑み合っている……って、もしかしてこれは？　マーシャに春がやってきたのかしら？　あとで詳しく聞かなくっちゃ！

階段を上りきってふんわりと着地をすると、ヴォルレアスがわたしの手を取った。

「ベルフィーヌ、行こう」

「はい」

たくさんの人たちが、わたし達の結婚を祝い、わたしをこの国の王妃に迎えてくれる。

愛する民の為に、そしてヴォルレアスの為に、わたしはこの世界で幸せに生きていこうと心に誓う。

遠い世界で生きるベルフィーヌ。

共に幸せをつかみましょうね。

絶対に、約束だからね！

FIN.

番外編　侍女と野獣

「なんとか無事に片づきましたね、お疲れさまでした」

大魔法使いオズワルドは、まったく本職でない『竜王の縁結び』という仕事を無事に終えて、ほっと息をついた。ここまできたら、さすがにもう安心していいだろう。

彼の隣りには、（恋愛に関してぽんこつ過ぎるふたりのお尻を叩くという）苦労を分かち合ったマーシャがいる。この忠実な侍女は、ヴォルレアスに向かって笑顔でなにかを話し、その後に小さな手で彼の胸をぽかぽか叩くベルフィーヌを眺めて微笑んだ。

「ええ、一時はどうなることかと思いましたが。ベルフィーヌ様、とても幸せそうですわ」

今日は彼らの結婚式が行われるのだ。ウェディングドレスを美しく着こなした、妖精のように可憐な花嫁を見て、照れるあまりにまた竜王が余計なことを言ったのだろう。つんと横を向くベルフィーヌを慌てて抱き寄せ、何事かを耳に囁いて真っ赤にして、そのままキス……となる前に、マーシャは素早く止めた。

「お化粧が崩れますので、いちゃいちゃするのはお控えくださいませ」

すると、ヴォルレアスがむっとし、マーシャを睨んで「この俺を……」となにかを言いかけたが、この有能な侍女は逆に「〝あ〟あん？」というドスの効いた声と表情で彼を黙らせた。

「式を遅らせて、ベルフィーヌ様を無駄に疲れさせるおつもりでございますか？」

怯んだ竜王は「……愛する番いに、そのような負担をかけるわけがなかろう」ともごもご口の中で言う。その様子を見たオズワルドは『強い人だなあ。でも、すごくカワイイ』と笑いを噛み殺した。


支度を終えてバルコニーに上がると、手を取り合った花嫁と花婿はゆっくりと進んだ。お祝いに集まった国民たちから歓声が沸き起こり、竜王の結婚宣言が行われると盛り上がりはピークに達した。

「ベルフィーヌ様！　ああ、よかったですわ」

マーシャの盛り上がりもピークに達したようで、その瞳から決壊した涙が溢れていた。

「マーシャ嬢、今までの努力が実を結びましたね。どうぞこれをお使いください」

常にハンカチを携帯するデキる男のオズワルドが、淡いブルーのレース糸で華やかに装飾が施されたシルク製の逸品をさりげなくマーシャに渡す。

「ありがとうございます」となにげなく受け取って目に押し当ててから、マーシャは芸術作品と言ってよいほどに美しい布を改めて見て、驚愕した。

「オズワルド様、これ、使ってよかったのですか？」

どう見ても日常的に使うものではなさそうな豪華なハンカチを見て、マーシャの涙は引っ込んでしまう。慌てるマーシャに、オズワルドは優しく微笑んだ。

「もちろんですよ、シルクは肌によいのです。この好き日に、王妃陛下の腹心の侍女が瞼を腫らしてはいけませんからね。よろしければ、そのハンカチはプレゼントさせていただきますので」

「それはご親切に……って、ここにわたしのイニシャルが入っているではございませんか」

「さすがはマーシャ嬢、よく気がつかれましたね」

マーシャはいたずらが成功してふふっと笑うオズワルドの顔を見た。

「オズワルド様は、気の回るお方なのですね。ご令嬢方にさぞかしおモテになるでしょう」

これだけ見た目がよく如才ない振る舞いをする貴公子ならば、多数の女性に想いを寄せされている事だろうと、マーシャは内心で警戒する。彼女はベルフィーヌ命で、一生独身でその身を捧げたいと考えているのだ。ハーフエルフの恋愛ゲームに巻き込まれたくない。

「わたしは、誰にでもこのようなことはいたしませんよ。うちの母に、女性に対しては常に誠実であるべしと、しっかりと躾けられましたから。このハンカチは、マーシャ嬢の気高く美しいあり方にふさわしいと思って選びました」

「エルフのお父様をお尻に敷いていらっしゃるという、竜人のご婦人ですわね」

「はい、きっとマーシャ嬢と気が合うと思いますよ」

どうしてオズワルドの母親と……と、マーシャは目を細めて彼を見た。

「いろいろと残念なおふたりですが、ようやく手が離れそうです。わたしたちのお疲れさまの会も兼ねて、一緒にお食事でもいかがでしょうか？　そういえば、マーシャ嬢は来週にお誕生日をお迎えになりますよね。ぜひわたしにお祝いをさせてください」

「なぜそれを？　いえ、ベルフィーヌ様のお側を離れるわけには……」

「他の側仕えの者たちがしっかりしているので、お休みをもらっても大丈夫ですよ。それに、もう王妃殿下に話を通してしまいました」

「ええっ？」

「ゆっくり楽しんで、とのことでした。なんなら、足を伸ばして泊りの旅行でもいいのではともおっしゃっていましたが」

「えええっ！」

「さすがに、最初のデートでそこまで……と思いまして。わたしは全然かまわないし、あなたとの旅ができるのは嬉しいし、よい提案だと思いますが」

「オズワルド様！」

「でも、あまり追い詰めて怯えられてもいけませんので、まずは個室でゆっくりとお食事をいたしましょう。これからはお互いの話をしてわかり合いたいのです」

いつの間にか握られていた右手に唇を押し当てて、熱い視線で見つめてくる美形魔法使いに、マーシャは「しっかり追い詰めているじゃないですか！」と文句を言ったが、それはオズワルドを「カワイイですね」と喜ばせるだけであった。

あとがき

こんにちは、葉月クロルです。このたびは『俺様竜王と花嫁様 ドアマットヒロインと入れ替わりましたが、ブラック勤務に比べれば天国です！』をお手に取ってくださいまして、ありがとうございます。

このお話は、ジャンルで言いますと異世界転移ラブコメディになります。ドキドキの恋愛模様はもちろん、ふたりの女性が人生を切り開く様を描きたいと思って書きました。まだ未読で先にあとがきをぱらっとしている方、ちょっぴりネタバレがありますのでご注意を！

ドアマットヒロインって酷い言葉ですよね。このお話に出てくる内海朋香もベルフィーヌ王妃も、正当な対価をもらうことができずにめっちゃくちゃ働かされ、疲れ切って毎日を送っています。お年頃だというのに、お肌はぼろぼろ抜け毛もひどく髪の毛がばっさばさです。まさにドアマットのように他人に踏みつけにされ、いつしかそんな日常が当たり前のように思えてきたある日、ふたりの魂が入れ替わります。そして、新しい環境で生きることになり、改めて今までの生き方がおかしかったことに気づくのです。

皆さんは、大丈夫ですか？　がんばりすぎていませんか？　『自分がやらなきゃ誰がやる』と仕事をがんばるのもいいのですが、魂が擦り切れる前にお休みして、プライベートを充実させましょう。ライフワークバランスっていうやつですね！

ちなみに、新しいことにチャレンジするのが大好きなわたしの最近の趣味は、カリンバという楽器を演奏することです。親指ピアノという別名があるこの楽器は以前近所の楽器店で見かけて知っていたのですが、そこにあったのは半音がないモデルだけだったのです。半音の場所は、アレンジして演奏することになります。それが物足りなかったため手を出さずにいたのですが、ある日動画で見つけてしまいました。クロマチックカリンバを！　やったー、半音がついてるーっ！　ということで、通販のボタンをぽちっとして、さっそく手に入れました。

わたしは音楽が好きなんですけど、手がとても小さいので大抵の楽器で指が届かなくて苦労してきました。で、指の長さが関係ない（笑）歌を歌っていたんですよね。カリンバは、手が小さくても普通に弾ける。しかも、音量がさほど大きくないので、騒音問題にもなりにくい。それに、チャイムのようなオルゴールのような可愛い音色だし、和音を弾くだけで癒させるといいことずくめです。

あ、でも、小説もちゃんと書きますので大丈夫です！　また次のお話でお会いできたら嬉しいです。

葉月クロル

★著者・イラストレーターへのファンレターやプレゼントにつきまして★
著者・イラストレーターへのファンレターやプレゼントは、下記の住所にお送りください。いただいたお手紙やプレゼントは、できるだけ早く著作者にお送りしておりますが、状況によって時間が掛かる場合があります。生ものや賞味期限の短い食べ物をご送付いただきますとお届けできない場合がございますので、何卒ご理解ください。

送り先
〒160-0022 東京都新宿区新宿1-36-2 新宿第七葉山ビル
(株) パブリッシングリンク
ムーンドロップス 編集部
○○（著者・イラストレーターのお名前）様

俺様竜王と花嫁様

ドアマットヒロインと入れ替わりましたが、ブラック勤務に比べれば天国です！

２０２４年１２月１７日　初版第一刷発行

著……葉月クロル
画……もなか知弘
編集……株式会社パブリッシングリンク
ブックデザイン……しおざわりな
（ムシカゴグラフィクス）
本文ＤＴＰ……ＩＤＲ

発行……株式会社竹書房
〒102-0075 東京都千代田区三番町８－１
三番町東急ビル６Ｆ
email：info@takeshobo.co.jp
https://www.takeshobo.co.jp
印刷・製本……中央精版印刷株式会社